Tarvitaan ripaus onneakin

Anne Kotokorpi

Tarvitaan ripaus onneakin

© 2024 Anne Kotokorpi
Kustantaja: BoD · Books on Demand GmbH,
Helsinki, Suomi
Kirjapaino: Libri Plureos GmbH, Hampuri, Saksa
ISBN: 978-952-80-8427-3

1

Työtä, opiskelua, kontakteja

Vanhan toimistorakennuksen käytävän lattia hohti puhtaana loisteputkien kelmeässä valossa. Siivousurakkaansa lopetteleva Riina työnsi siivouskärryä puolijuoksua kohti aulaa. Seinällä oleva kello näytti olevan melkein puoli viisi.
– Apua, noin paljon, nyt on kiire.
Hän työnsi siivouskärryt komeroon, pani mopit kuivamaan ja välineet järjestykseen. Sitten hän nappasi vielä roskapussit mukaan ja tönäisi siivouskomeron oven kiinni. Toimistossa ei ollut enää ketään, joten Riina lukitsi ulko-oven ja pani hälytykset päälle. Rappukäytävästä pääsi suoraan hissillä alas kellarin jätekatokseen.
Riinan piti ehtiä kotiin ja käydä nopeasti suihkussa, jotta ehtisi rientää illan luennolle. Diplomi-insinööriksi valmistuminen vaati ponnisteluja, varsinkin kun tutkintoa suoritti työn ohessa. Opiskelut olivat sujuneet kuitenkin odotettua paremmin, ja Riinan oli määrä valmistua etuajassa. Tästä Riinan oli kiittäminen myös työnantajaansa, Monikaa, jonka firmassa Riina sai räätälöidä työaikansa itselleen sopiviksi.
Riina oli tehnyt siivoustyötä monta vuotta. Hän aloitti alalla jo teini-ikäisenä, ensimmäinen kesätyö oli sairaalan siivoustiimissä. Tekniikka puolestaan kiinnosti tyttöä jo pienenä. Koulussa lempiaineita

olivat matematiikka, fysiikka ja kemia. Lukion jälkeen Riina jatkoi opiskelua ammattikorkeakoulussa ja valmistui insinööriksi. Myös silloin Riina teki ilta- ja viikonlopputöitä siivousalalla. Vaativan teoreettisen opiskelun vastapainoksi sielu ja ruumis suorastaan vaativat ruumiillista ponnistelua. Kun muut lähtivät salille ja lenkille, Riina purki energiaa siivoukseen. Samalla tuli palkkaa ja hyvä mieli. Moni toveri ylenkatsoi siivoustyötä, se ei kelvannut akateemisille opiskelijoille. Miksi? Sitä Riina ei koskaan ymmärtänyt. Hän arvosti siivoustyötä sekä siivousalalla toimivia.

Valmistuttuaan insinööriksi Riina työskenteli pari vuotta projektissa ympäristöalan yrityksessä. Yritys oli pieni materiaalinkierrätykseen erikoistunut firma, jonka työntekijöistä suurin osa oli miehiä. Riina sopeutui hyvin porukkaan ja oli pidetty työtoveri. Hän oli kuitenkin päättänyt jatkaa opiskelua yliopistossa. Naisena on vaikeaa saada alan töitä. Totuus on, että piti olla pätevämpi kuin mies, jos halusi pärjätä kilpailussa.

Viime keväänä Riina oli tutustunut Monikaan. Monikalla oli oma siivousalan yritys, pieni mutta menestyvä. Työntekijöitä oli parisenkymmentä. Riina tunsi paljon siivousalan ihmisiä ja haki työtä Monikan firmasta toverinsa suosituksesta. Palkka oli parempi mitä suuret konsernit tarjosivat. Lisäksi Monika piti hyvää huolta työntekijöistään.

Riina sai työpaikan. Pian Riina ja Monika olivat ystävystyneet ja Riina teki keikkaa niin paljon kuin

opiskelut antoivat myöten. Monika kannusti Riinaa
opiskeluissa ja jousti työajoissa tarpeen mukaan.

Eräänä aamuna Riinalla oli tapaaminen Monikan
kanssa. Ilmeisesti kyseessä oli jokin uusi kohde,
jonne hänen oli tarkoitus mennä siivoamaan.
Toimistossa tuoksui tuore kahvi, kun Riina avasi
oven.
– Huomenta, tule kahville. Ostin meille lohileivät,
Monika huudahti iloisesti, kun Riina asteli sisään.
– Kiitos, en syönytkään aamiaista, luotin siihen, että
sinä järjestät asian...
Monika oli Riinaa jonkun verran vanhempi. Pienestä
ikäerosta huolimatta heillä synkkasi kuitenkin hyvin.
Monika teki edelleen itse myös siivoustyötä, vaikka
firman pyörittäminen vei aikaa varsinaiselta siivouk-
selta. Kenties sutjakan varren salaisuus oli juuri sii-
voaminen. Riina ei muistanut juurikaan tavanneensa
pyylevää saati ylipainoista siivousalan ihmistä, sen
verran fyysistä työ oli.
– No niin, mitä sinulla on tarjolla minulle? Riina
kysyi, kun kuulumiset oli vaihdettu. – Enkö mene
enää isännöintitoimistoon?
– Sain uuden kohteen. Se saattaisi olla sinulle sopi-
va. Yritys on sitä paitsi sinua kiinnostavalla alalla,
ympäristöteknologiaa. Ei sen puoleen, että minä siitä
mitään ymmärtäisin... Monika naurahti.
Monika oli joskus mielessään ihmetellyt, kuinka
tämä koulutettu tyttö halusi tehdä siivoustyötä, vaik-
ka luultavasti olisi saanut paremminkin palkattua

työtä itselleen. Tyttö oli ahkera ja tunnollinen sekä ehdottoman luotettava. Monika ymmärsi, että ennen pitkää Riina jättäisi hänet ja jatkaisi työuraansa muualla.

– Yrityksen toimisto menee kiinni periaatteessa neljältä, tosin talossa saattaa olla iltaisinkin väkeä. Työntekijöillä on liukuva työaika. Kuulemma myös keskeneräiset projektit saattavat vaatia työntekijöitä tekemään iltatöitä. Mutta yhtä kaikki, sinä saat itse päättää työaikasi, siivoatko illalla vai päivällä. Teet oman aikataulusi sen mukaan, miten luennoilta pääset. Tämä kohde on meillä ainakin siihen asti kun valmistut.

Monika selasi papereitaan. – Kolme kertaa viikossa, pari, kolme tuntia pitäisi riittää.

– Selvä, kuulostaa hyvältä.

– Kävin eilen tutustumassa kohteeseen, ja teimme sopimuksen. Työpisteet näyttivät suhteellisen siisteiltä: perustoimisto, mutta likaisia kenkiä saattaa lojua lattialla silloin tällöin. Mustia sormenjälkiä pinnoilla, tiedäthän sinä. Työntekijät ovat pääasiassa miehiä.

Kyllähän Riina tiesi. Monenlaista oli tullut vastaan vuosien varrella.

– Milloin aloitan?

– Voisimme mennä sinne yhdessä ensimmäisellä kerralla. Pääsetkö huomenna?

Riina otti esiin kalenterinsa ja katsoi luentoaikatauluja.

– Huomenna sopii hyvin. Illalla?

– Mennään päivällä, niin tavataan koko henkilökunta. On mukavampi tehdä töitä, kun on esittäydytty kaikille.
– Aivan. Tehdään niin.

Riina asui kaupungin keskustan tuntumassa omassa, pienessä kaksiossa. Hän oli ostanut asunnon, vaikka siihen periaatteessa upposivat kaikki hänen rahansa. Hän kuitenkin järkeili, että sijoitus kannatti, koska asunnon saisi myytyä, mikäli tuli ongelmia maksuissa.
Riina viihtyi pikku kodissaan. Omasta mielestään häntä oli onnistanut, kun oli löytänyt tämän huoneiston. Hän oli tehnyt pientä remonttiakin, maalannut seiniä ja korjannut kaapistoja. Insinöörinä hän selviytyi helposti rakennushommista.
Pikaisen suihkun jälkeen Riina lähti yleensä yliopistolle. Se sijaitsi vain parin korttelin päässä hänen asunnoltaan, joten matkaan ei mennyt kuin viisi minuuttia.

Riinalla ja Monikalla oli treffit puolenpäivän aikaan uuden siivouskohteen ulko-ovella. Monikalla oli kädessään nippu avaimia.
– Hei, huudahti Monika ja näytti freesiltä ja edustavalta kuten aina. – Tässä ovat kaikki tämän firman avaimet, mitä tarvitset. Ulko-oveen, roskakatokseen, siivouskomeroon... En tiedä, mitä kaikkea tässä on. Katsotaan tuolla sisällä sitten.

He löysivät avaimien joukosta ulko-oven avaimen.
Riina merkitsi sen ja menivät sisään. Toimisto sijaitsi neljännessä kerroksessa. Sinne pääsi hissillä.
– Jännittääkö? kysyi Monika.
– Aina vähän. Menee hetki, ennen kuin oppii uuden kohteen tavat ja tutustuu ihmisiin. Vaikka eipä heitä juuri tapaa, jos käy illalla siivoamassa.

Hissi pysähtyi neljänteen kerrokseen, ja he astuivat ulos. Vasemmalla puolella oli ovi, jonka ovessa luki "Green Future Oy". Mikä upea nimi yritykselle, mietti Riina. Monika painoi summeria.
Oven avasi nuori nainen. Nainen oli pitkä ja hoikka, hyvin elegantisti pukeutunut nuoresta iästään huolimatta – kaunis, mutta ei korostanut sitä liialla meikillä vaan näytti pikemminkin pitävän korostetun matalaa profiilia.
Monika esittäytyi ja esitteli myös Riinan. – Olemme uudet siivoojanne. Tulimme tutustumaan toimistoonne, olemme sopineet tapaamisesta. Onko Rauno Heikkinen tavattavissa?
Tyttö hymyili ystävällisesti ja sanoi nimekseen Jaana. Hän oli puhelinkeskus ja "yleismies–jantunen", mikä titteliksi muutettuna oli toimistoassistentti.
– Voitteko odottaa hetkisen? Jaana sanoi.
Hänen pöydällään oli pino papereita, ja puhelin soi vähän väliä. Tyttö näytti hyvin kiireiseltä, mutta rauhallisesti hän hoiti asian kerrallaan.
Monika ja Riina istuivat aulaan odottamaan. Rauno Heikkinen oli lounaalla, mutta palaisi pian. Hänen

olisi itse asiassa jo pitänyt palata, mutta ilmeisesti
firmassa liu'uttiin myös lounasajoissa.
Monikalla ja Riinalla ei ollut kiire, joten he joutivat
kyllä odottamaan tovin.

Heidän keskustellessaan niitä näitä eräästä työhuoneesta kuului huuto: – Jaana! Jaana, tule tänne!
Riina vilkaisi Jaanaa, joka puhui puhelimessa. Käväisikö tytön kasvoilla lievä ärtymys?
– Jaana!
Miehen ääni muuttui kovemmaksi, hän miltei ärjyi tytön nimen.
Jaana näytti pinnistelevän, jotta saisi puhelun loppumaan, mutta langan toisessa päässä oleva kumppani ei ollut samaa mieltä ja keskustelu jatkui. Tytön kasvot alkoivat muuttua punaisiksi, ja hän naputteli kärsimättömänä kynäänsä pöytää vasten.
Pian yhden työhuoneen ovi paiskattiin auki ja huoneesta ryntäsi ulos mies. Ei ollut epäilystäkään, etteikö mies ollut raivoissaan. Hän oli jo avaamassa suutaan, kun huomasi aulassa istuvat vieraat. Siinä samassa hänen ilmeensä muuttui ja hän kääntyi tervehtimään aulassa istuvia naisia. Riinasta miehen lipevä hymy ja arvioiva katse tuntuivat jotenkin epämiellyttävältä. Mies oli kuitenkin suhteellisen komea: itsevarman näköinen, paksut, tummat, hyvin leikatut hiukset, vanttera joskaan ei treenattu vartalo, kallis puku. Tuoksukaan ei ollut halvinta marketin partavettä. Miehellä tuntui olevan rahaa, jota hän näytti käyttävän mielellään itseensä.

Jaana sai vihdoin puhelun loppumaan ja nousi pöydän takaa. – Niklas? Oliko sinulla jotain?
– Jaana, meillä on vieraita? He ovat varmaan Ympäristöministeriöstä, eikö totta? Te olette hiukan etuajassa. Saanko esitellä itseni, olen Niklas Sjöström, insinööri. Hoidan isoa osaa projekteistamme ja vastuullani on myös ministeriön yhteistyö.
Niklas seisoi polleana naisten edessä kuin kukkopoika. Hän tuli käsi ojossa kohti Monikaa ja Riinaa. He kättelivät, tietenkin, Niklaksen kädenpuristus oli vahva. Varmasti se oli opeteltu ja harjoiteltu konsulttien markkinointiluennoilta.
Jaanan kasvot punehtuivat entisestään. Toisaalta Riina oli havaitsevinaan pienen hymyn kareen tytön suupielessä. Tilanne oli kieltämättä herkullinen kaikkien muiden paitsi Niklaksen kannalta.
– Esittelen mielelläni, Jaana sanoi. – Tässä ovat meidän uudet siivoojamme, Riina ja Monika. Tervetuloa taloon.
Näytti siltä, että yllättyneen Niklaksen aivot joutuivat hetken prosessoimaan tätä tietoa. Mutta kun hän ymmärsi asian, miellyttävät kasvot vääristyivät vihaisiksi. Ja turhautuneen Niklaksen kohteeksi joutui Jaana.
– Siivoojat! Niklas sylkäisi halveksuen sanan suustaan. – Minulla on kiire. Kun huudan, sinä tulet heti! Niklas huusi Jaanalle. – Minulla ei ole aikaa juosta täällä sihteerien perässä. Ota kopiot näistä papereista ja tuo ne huoneeseeni. Tarvitsen ne pian! Niklas

puhkui ja marssi takaisin työhuoneeseensa ja paiskasi oven kiinni perässään.

Jaana näytti nololta.

– Olen pahoillani, hän aloitti, mutta Monika keskeytti hänet.

– Älä turhaan, ei tässä mitään hätää ole. Kaikki hyvin.

Samassa herra Heikkinen astui aulaan. Vanhempi herrasmies tervehti iloisesti Jaanaa ja otti lämpimästi vastaan Riinan ja Monikan.

– Anteeksi kovasti, että olen myöhässä. Jäin suustani kiinni. Minua ei näköjään saisi päästää lounaalle ollenkaan...

Mies näytti olevan vilpittömästi pahoillaan. – Mennäänpä sitten tervehtimään kaikkia ja tutustumaan taloon.

Rauno Heikkisen kanssa oli helppoa jutella. Hauska mies oli mutkaton, ja firman henkilökunta oli ystävällistä. He kävivät asioita läpi samalla kun esittäytyivät paikalla oleville.

Viimeisenä oli vuorossa Niklaksen huone. Riinaa puistatti, kun Rauno koputti Niklaksen oveen ja avasi sen.

– Hei Niklas, onko sinulle kiire? Esittelen sinulle meidän uudet ammattilaisemme, Riina tulee pitämään huolta toimistomme siisteydestä, eikö olekin hienoa!

Niklas tuijotti tietokoneen ruutua ja vain hätäisesti nosti katseensa heihin päin. – Nyt on tosiaan vähän kiire.

Rauno ei joko huomannut Niklaksen tylyyttä tai ei välittänyt siitä vaan jatkoi.
– Oletteko kuulleet sitä vitsiä, kun insinööritoimistossa oli leijona? Joka päivä se söi yhden insinöörin, mutta kukaan ei huomannut mitään. Vasta kun leijona erehtyi syömään talon siivoojan, leijona paljastui...
Rauno hohotteli tarttuvaa naurua. Niklas tuijotti kärsimättömänä eteensä.
– Jospa me tästä...
Monika siirtyi ovea kohti. Riina tunsi Niklaksen arvioivan katseen itsessään. Mies mittaili häntä päästä jalkoihin. Se tuntui epämiellyttävältä.

- No niin, Rauno sanoi, kun he olivat taas aulassa. – Etköhän sinä Riina tästä hommasta selviä oikein hyvin. Ja ainahan me voimme tulla kysymään sinulta neuvoa, jos meillä tulee jotain ongelmia teknologian saralla...
Rauno tunsi Riinan taustan, ja he olivat tehneet hiukan myös yhteistyötä harjoitteluiden puitteissa.
– Jospa minä keskityn vain siivoamiseen tällä kertaa, Riina naurahti. – Katsotaan sitten keväällä kun olen valmis. Ehkä tulen kysymään sinulta vielä töitä, muutakin kuin siivousta.
– Ilman muuta. Tervetuloa, sanoi Rauno.

Mitä tuumit? Onko paikka ok? Monika kysyi, kun he olivat päässet ulos.

– On ok, Riina sanoi. – Onhan siellä se hankala tapaus, se insinööri-Niklas, mutta jokaiseen työyhteisöön kuuluu se mätä omena. Enköhän pärjää hänenkin kanssaan. Sitä paitsi tuskin näen häntä paljonkaan, jos käyn siivoamassa iltaisin.
– Juuri näin. Tuskin hän aiheuttaa hankaluuksia. Huomisesta lähtien sitten hoidat tämän kohteen, kiitos sinulle.

Riinalla oli kiireinen päivä. Hän oli päättänyt mennä töihin vasta neljän jälkeen. Huoneet oli helpompi siivota, kun ei tarvinnut häiritä ketään.
Yliopiston kahvilassa oli Riinan kavereita. Moni heistä valmistuisi keväällä, ja sen jälkeen tiet erkanisivat.
– Tuletko, Riina, illalla Klubille? kysyi Matti.
– En taida jaksaa, menen töihin illalla, ja aamulla on taas luento. Pitäisi yrittää tehdä lopputyötäkin, siinä on vielä sarkaa...
– Sinä olet liian tunnollinen, huikkasi väliin Miia. – Ehditkö pitää ollenkaan hauskaa? Kerranhan tässä vain ollaan nuoria.
– Missä olet nyt töissä? Matti tiedusteli.
– Aloitan tänään yhdessä ympäristöalan yrityksessä, tosin siivoan siellä... Riina sanoi melkein anteeksipyytävästi ja katui saman tien.
Hänellä ei ollut yleensä tapana hävetä työtään, oli hän sitten siivoojana tai insinöörinä. Ystävät tunsivat Riinan jo niin hyvin, että tiesivät tämän kulkevan omia polkujaan. Tyttö tiesi mitä teki ja teki mitä

halusi.
– Ehkä saat yrityksestä vielä muitakin töitä kuin siivoamista, Miia totesi. – Verkostoja pitää luoda, niinhän sitä sanotaan.

Riina oli Green Futuren alaovella varttia yli neljä. Painaessaan hissin nappia neljänteen kerrokseen hän tunsi jännityksen nipistelevän mahassaan. Se ei ollut ollenkaan tavallista. Yleensä hän meni töihin rentona. Siivoaminen oli hänelle kuin meditaatiota. Kun ajatukset pystyi keskittämään siihen, mitä oli juuri sillä hetkellä tekemässä, stressi ja huoli huomisesta katosi. Nyt olo oli epämiellyttävä. Hän pelkäsi, että Niklas olisi vielä paikalla ja tekisi hänen työstään hankalaa.

Työntäessään avainta Green Future Oy:n oveen Riina totesi, että paikalla oli vielä henkilökuntaa, koska hälytys ei ollut päällä. Aulassa astuessaan hän näki, kuinka Jaana veti takkia ylleen ja tuli laukku olalla viuhuen kohti ovea.
– Ai hei, olen juuri lähdössä. Meni hiukan pitkään. Jaana näytti stressaantuneelta. – Täällä on vielä muutama henkilö töissä. Viimeinen sammuttaa valot.
– Aivan.

Riina haki siivouskomerosta tarvikkeet ja ryhtyi töihin. Käytävän päässä oli huoneen ovi raollaan. Riina koputti oveen ja kurkkasi sisään. Harmaahiuk-

sinen rouva tutki pöydällä olevia papereita nenä melkein kiinni tekstissä.
– Anteeksi, häiritsenkö? Saanko tulla siivoamaan?
Nainen näytti rasittuneelta. Hän pani silmälasit otsalle ja vilkaisi Riinaa välinpitämättömästi.
– Tule vain. Oikeastaan voisin pitää pienen tauon. Älä sitten koske mihinkään! nainen sanoi napakasti.
– Edellinen siivooja siirteli papereita sinne ja tänne. Hirveä selvitteleminen missä on mikäkin...
Rouva katsoi Riinaa kuin tämä olisi heikkolahjainen typerys, joka aikoisi tahallaan tehdä tihutyötä rouvan arvokkaille papereille.
– En tietenkään koske papereihin, Riina sanoi ja yritti kuulostaa vakuuttavalta.
Silloin tällöin vastaan tuli ihmisiä, jotka tuntuivat arvostavan ihmisiä heidän titteliensä mukaan. Valitettavasti siivousala ei ollut niiden arvostetuimpien ammattien kärjessä. Mutta se ei Riinaa haitannut. Useimmiten asia vain nauratti.

Riina sai huoneen kuntoon ennen kuin nainen palasi tauoltaan. Hän jatkoi rivakasti eteenpäin, ja pian jäljellä oli enää Niklaksen työhuone. Huoneen ovi oli kiinni, joten Riina ei nähnyt, oliko huoneessa ketään. Pienen tovin hän odotti oven takana, mutta koputti sitten reippaasti.
Huoneesta ei kuulunut mitään, joten Riina koputti uudelleen, kovempaa. Vieläkään huoneesta ei kuulunut vastausta, joten Riina avasi oven.
Huone oli tyhjä.

Helpotuksen tunne oli suurempi kuin mitä Riina halusi myöntää. Hänellä ei ollut tapana pelätä mitään eikä ketään. Eikä tämä ollut ensimmäinen kerta kun vastaan tuli hankala asiakas. Miesvaltaisella alalla joutui vähän väliä tekemisiin sovinistien ja vähättelijöiden kanssa. Se ei ollut uutta.

Riina pyyhki pölyjä hyllyiltä ja huomasi Niklaksen työpöydällä valokuvan. Kuvassa oli Niklas, kaunis nainen ja pieni poika. Ilmeisesti Niklaksen perhe? Miten soma kuva, huomasi Riina ajattelevansa. Mies ei siis voinut olla läpeensä paha, jos hänellä oli noin hurmaava vaimo ja suloinen lapsi. Kenties ensivaikutelma oli ollut väärä, varsin usein näin olikin.

Riina sulki Niklaksen työhuoneen oven. Aulaan palattuaan hän huomasi, että myös käytävän päässä oli valot sammutettu, harmaatukkainen rouva oli lähtenyt kotiin. Riina sammutti valot, päivä oli täynnä.

2

Yllättäviä kohtaamisia

Monika herätti Riinan seuraavana aamuna. Puhelin soi muutaman kerran, ennen kuin Riina havahtui. Hänellä oli vapaa aamupäivä, ja hän oli jo eilen illalla päättänyt nukkua pitkään. Hän vilkaisi silmät ristissä seinällä olevaa kelloa, se oli vasta kahdeksan.
– Haloo... Monika?
– Huomenta. En kai herättänyt?

Monikan ääni kuulosti anteeksipyytävältä. Hän todennäköisesti tiesi herättäneensä Riinan.
– No, itse asiassa nukuin vielä. Eihän minulla ollut tänään vuoroa? Olenko unohtanut jotain?
– Ei ole. Anteeksi vaan kovasti että näin vapaapäivänä häiritsen, mutta päätin kuitenkin uskaltaa soittaa. Minulla olisi sinulle pieni keikka, jos kelpaa. Sinä jos kuka olet oikea henkilö hoitamaan tämän homman.
Riinaa ei nyt olisi huvittanut lähteä mihinkään siivoamaan. Päivällä olisi mentävä yliopistolle, ja hän oli suunnitellut kirjoittavansa vielä muutamia sivuja diplomityöhönsä uusiutuvasta energiasta.
Riina ei kuitenkaan ehtinyt vielä sanoa mitään, kun Monika jatkoi:
– Työhön menee korkeintaan pari tuntia. Saat tuplapalkan. Lisäksi sinun ei tarvitse tehdä mitään, perehdytät vain yhden uuden työntekijän siihen kohteeseen, missä olit aiemmin. Minun piti mennä itse, mutta en millään ehdi. Olen jo matkalla Kouvolaan.
Vähitellen Riina alkoi heräillä. Monikan ehdotus ei tuntunut enää niin huonolta. Pari tuntia hän voisi uhrata vallan hyvin, työ kuulosti helpolta, ja palkkakin tulisi tarpeeseen. Hänelle jäisi vielä aikaa tehdä iltapäivällä opintojuttuja. Lisäksi siivottava kohde oli lähellä, joten matkoihin ei tuhlaantuisi aikaa.
– No selvä, tehdään niin. Käyn suihkussa ja syön jotain, onko kello yhdeksän tarpeeksi pian?
– Ihanaa, kiitos Riina. Pelastit minut taas kerran. Tapaatte ovella kello yhdeksän. Hei vain ja hauskaa

päivää.
Monika lopetti puhelun, eikä Riina ehtinyt kysyä, kenet hänen oli määrä tavata yhdeksältä. No, sillä ei ollut väliä. Toivottavasti kuitenkin kyseessä oli joku pätevä henkilö, joka hallitsisi työn. Jos Riina joutuisi opettamaan alusta asti siivoustyön alkeita, ei kaksi tuntia riittäisi mihinkään.

Kymmentä vaille yhdeksän Riina oli sovitussa paikassa. Ketään ei näkynyt. Toivottavasti uudella työntekijällä ei ollut tapana myöhästellä. Se vasta oli ärsyttävää jos mikä.
Riina tarkisti sähköpostit puhelimestaan odotellessa. Parin luennon alkamisaika oli muuttunut. Se ei haitannut mitään. Riina pani puhelimen takaisin taskuun.

Kello oli jo melkein yhdeksän kun parkkipaikalle ajoi musta auto. Musiikin täytyi olla lujalla, koska basson jumputus kuului ulos asti. Riina ei juuri tuntenut autoja. Oliko se uusi vai vanha, sitä Riina ei osannut sanoa, mutta helmiäismaali ja erikoisvanteet kertoivat, että auto ei tainnut olla aivan halvimpia. Hieno auto, Riina myönsi vaikka ei olisi halunnut tunnustaa katsovansa autoja sillä silmällä. Olihan hän sentään ympäristön asialla, ympäristöinsinööri, pelastamassa maailmaa kaikelta saasteelta.
Autosta astui ulos nuori mies. Reippaasti hymyillen hän käveli kohti ovea ja Riinaa.
Riina huomasi aprikoivansa, mitä mies teki tässä

yrityksessä. Oliko hän kirjanpitäjä vai konsultti? Ulkoasusta päätellen hän ei ollut myyjä. Asu oli liian urheilullinen, jalassa näytti olevan lenkkarit, merkkilenkkarit, mutta kuitenkin. Jalassa oli yksinkertaiset farkut. Huppari oli siisti, mutta ei varsinaisesti kuulunut konsultin työasuun. Tummat hiukset olivat tyylikkäästi leikatut, mutta liian pitkät tähän melko konservatiiviseen yritykseen, jotta hän olisi voinut kuulua johtoportaaseen. Miellyttävät, ystävälliset kasvot, Riina pani merkille. Mutta missä viipyy minun työntekijäni? hän ihmetteli.

Riina väisti oven edestä, jotta mies pääsisi ohi. Mies ei kuitenkaan mennyt ovesta sisään vaan jäi seisomaan Riinan viereen.
– Olet varmaan Riina? Minä olen Vili. Sinä tulit opastamaan minua?
Jos joskus voi joku asia yllättää totaalisesti, niin nyt oli sellainen hetki. Riinalla aivan sananmukaisesti loksahti leuka alas.
– Kyllä... Kyllä olen. Mutta minä odotin toisenlaista henkilöä... Riinalta lipsahti ennen kuin hän ehti miettiä sanojaan.
– Ai jaa, ketä sinä odotit? Vili kysyi, ja häntä selvästi hymyilytti.
Riina yritti koota itseään. Älä nyt vain sano että "naishenkilöä". Kuka täällä nyt on sovinisti. Eikö mies ole yhtä hyvä siivooja kuin nainen! Tosin tuo mies sopisi paremmin mainoskuviin malliksi kuin mopin varteen lattioita luuttuamaan.

Riina karisti kurkkuaan. Hän yritti ottaa tilanteen hallintaan ennen kuin menettäisi kasvonsa ihan kokonaan.
– Itse asiassa Monika ei sanonut, kuka tänne on tulossa. Mutta kiva että tulit. Minä olen Riina.
Riina ojensi kätensä ja katsoi miestä silmiin. Suuret, tummansiniset silmät näyttivät jotenkin tutuilta. Kun mies hymyili, hänen poskeensa ilmestyi hymykuoppa. Riina yllätti itsensä ajattelemasta, että kaiken kaikkiaan mies oli hyvin puoleensavetävä.
– Mennään sitten töihin. Oletko ennen ollut näissä hommissa? Riina kysyi ja huomasi ajattelevansa heti, että ei varmasti ole.
– Olen ollut, jo useita vuosia, Vili sanoi ja avasi oven Riinalle kuin herrasmies konsanaan.
Vilillä oli kaiken muun lisäksi vielä hyvät tavat hallussa. Mahtoiko herra Täydellisyydellä olla mitään vikoja?

He hakivat siivouskärryn. Riina esitteli paikat ja toimiston esimiehen. Esimies toivotti Vilin tervetulleeksi ja näytti yhtä hämmästyneeltä kuin Riina äsken.
– Katsopas vain, melko harvoin tulee vastaan miespuolisia siistijöitä, lipsahti tältä keski-ikäiseltä herralta, mutta se ei tuntunut Viliä harmittavan.
Työhuoneissa ei tarvinnut kysyä siivoukselle lupaa kahta kertaa, kun Vili koputti oveen. Sekä nuoremmat että vanhemmat naiset kikattivat kuin koulutytöt, kun Vili pyyhälsi mopin kanssa lattioita puhdis-

tamaan. Mies osasi olla ihmisten kanssa, hän oli sympaattinen ja hauska. Paitsi supliikin, Vili hallitsi myös siivouksen, ja puhdasta tuli tehokkaasti ja nopeasti.

Työ oli tehty. Pihalla Vili kysyi kohteliaasti, haluaisiko Riina kyydin johonkin.
– Ei kiitos, asun tässä lähellä.
Mies heilautti kättään ja asteli reippaasti autoonsa. Vili peruutti auton taitavasti ruudusta ja kääntyi pihasta kohti keskustaa.

Riinalla oli sulattelemista aamupäivän tapahtumissa. Vili oli ollut yllättävä ja mukava tuttavuus. Näinkin lyhyt tapaaminen oli tehnyt Riinaan suuren vaikutuksen. Jos Riina olisi ollut kevytmielinen hupakko, hän olisi joutunut tunnustamaan, että oli jopa hiukan ihastunut Viliin.
– Onneksi olen viisas insinööri, ajattelen asioista rationaalisesti, järjellä. Parin tunnin kohtaaminen ei ole syy hullaantua tuntemattomaan mieheen.
Vili jäi silti Riinan mieleen, ja loppupäivän häntä hymyilytti enemmän kuin muina päivinä.

Riina oli pitkään hyvällä tuulella, ja parina seuraavan päivänä hän sai aikaan paljon. Hän valmistuisi luultavasti etuajassa ja voisi pian alkaa hakea oman alansa töitä. Hän kuitenkin kävisi siivoamassa, kuten oli Monikalle luvannut.

Green Future oli tullut muutaman viikon aikana jo hyvin tutuksi. Kaikki oli mennyt hyvin. Riina oli tutustunut henkilökuntaan, ja heistä oli tullut melkeinpä ystäviä. He olivat käyneet Jaanan kanssa jopa kahvilla muutaman kerran.
Niklasta ei juuri ollut näkynyt työpaikalla. Hän joutui olemaan paljon maastossa, olihan hän projektivastaava, kuten oli itsekin ilmoittanut. Se ei Riinaa haitannut, päinvastoin. Työ oli nyt mukavaa eikä tarvinnut jännittää.
Riina huomasi ajattelevansa silloin tällöin Viliä. Monika oli kiittänyt Riinaa perehdytyksestä, mutta sen enempää asiasta ei puhuttu. Riina tunnusti, että oli hiukan yllättynyt, kun työhön ilmoittautui mies eikä nainen.
– Mutta tekikö Vili työt kunnolla? Monika kysyi.
– Teki, oikein hyvin, ammattitaitoa tuntui olevan, Riina sanoi, mutta varoi tunnustamasta yhtään enempää.
Ei kai hän pomolleen aikonut tunnustaa, miten tämä hurmaava siivousmies oli saanut hänet pauloihinsa kertatapaamisella.

Tänään Green Futuren siivoaminen jäi myöhään iltaan. Riina oli halunnut mennä Rakennetun ympäristön haasteet -luennolle, ja se loppui vasta kahdeksan jälkeen.
Riinasta ei ollut mukavaa mennä pimeisiin, hiljaisiin rakennuksiin. Usein hän siivosi päivällä tai illansuussa, kun rakennuksissa oli hänen lisäkseen vielä

joku.
Tähän aikaan talo olisi aivan tyhjä. Riina painoi hissin neljänteen kerrokseen. Hälytys pois, valot päälle. Lamput syttyivät hitaasti, yksi kerrallaan naksuen. Suuren ikkunan pinnasta Riina näki oman kuvansa. Ulkona oli jo melkein pimeää. Riinaa ei varsinaisesti pelottanut, hän ei uskonut kummituksiin eikä rosvojakaan näin varhain ollut liikkeellä. Silti aavemaisen hiljainen toimistorakennus oli luotaantyöntävä.
Riina tarttui toimeen. Mitä nopeammin aloittaisi, sitä nopeammin pääsisi kotiin.

Riinan rutiineihin kuului, että Niklaksen huone oli viimeinen, jonka hän siivosi. Näin hän teki nytkin.
Niklaksen huoneen ovi oli aina kiinni, silloinkin kun Niklas oli poissa.
Pöytä oli helppo pyyhkiä, kun se oli tyhjä papereista.
Valokuva oli paikoillaan, Riina pysähtyi hetkeksi katsomaan onnellisen näköistä perhettä. Vielä lattian pyyhkiminen, roskis ja hän pääsisi vihdoin pois.
Selkä edellä Riina peruutti kohti ovea. Hän panisi mopin suoraan ämpäriin ja siitä siivouskomeroon kuivumaan.
Äkkiä hän tunsi, miten joku tarttui häntä takaapäin molemmista hartioista tiukasti kiinni. Riina käännähti nopeasti ja huitaisi mopin varrella tunkeilijaa suoraan ohimoon.
Niklas piteli päätään ja tuijotti vihaisena Riinaa. – Helvetti, miksi sinä hakkaat?
Riinan sydän hakkasi miljoonaa. Onneksi hän ei

ollut kiljahtanut "kuin tytöt". Sellaista tyydytystä hän ei halunnut suoda kenellekään, saati Niklakselle.
– Ai sinä, iltaa. Anteeksi, ei ollut tarkoitus. Taisin vähän pelästyä. Luulin, ettei talossa ole enää ketään.
Riina yritti ohittaa Niklasta, mutta Niklas seisoi oviaukossa eikä päästänyt häntä ohitseen.
– Tuo sattui, tajuatko?
– Ehkä ei pitäisi tarttua ihmisiin tuolla tavalla salaa, miksi et sanonut mitään?
– Ajattelin yllättää... Niklas sanoi ovelasti ja astui lähemmäs.
Riina astui askeleen taaksepäin. – Olen juuri lähdössä. Aiotko jäädä tänne pitkäksi aikaa?
Riinalla oli epämiellyttävä olo. Hänellä ei ollut tarvetta eikä halua alkaa flirttailla talon työntekijöiden kanssa. Niklas sen sijaan näytti siltä kuin hänellä olisi ollut jotain sen kaltaista mielessään. Tai ehkä Riina tulkitsi väärin. Miehellähän oli ihana vaimo ja suloinen lapsi.
– Onko tuossa kuvassa muuten sinun vaimosi? Riina ehätti kysymään, jotta saisi vaihdettua puheenaiheen.
– Ja miten suloinen pikkupoika. Onko hän neljä vuotta? Kolme?
Niklas vilkaisi pöydällä olevaa kuvaa ja tuhahti harmistuneena.
– Olisi suotavaa, ettet tonkisi tavaroitani...
Niklas siirtyi pöytänsä ääreen ja nosti siihen tietokoneensa.
Riina käytti hetken hyväkseen ja livahti ulos ovesta.

– Hyvää illan jatkoa, laitatko hälytyksen päälle kun poistut.
Riinan sydän hakkasi edelleen kun hän melkein puolijuoksua poistui talosta. Tilanne oli ollut ikävä, ja Riina oli todella pelästynyt. Vaikka kyse ei ollutkaan ryöstäjästä, Niklaksen tunkeileva kosketus oli saanut Riinan ihon kananlihalle. Toivottavasti tapaaminen oli viimeinen lajiaan.

Lauantai-aamuna Riina aikoi nukkua pitkään. Hänen ystävänsä olivat saaneet hänet lupautumaan lähtemään pitkästä aikaa ulos. He kävisivät illalla ensin syömässä hyvin, ja sen jälkeen he aikoivat mennä vielä ravintolaan tanssimaan. Vaikka Riina oli sinkku, hän kävi ulkona hyvin harvoin. Hän ei etsinyt poikaystävää, mies ei sopinut hänen kiireiseen aikatauluunsa. Niin Riina ainakin kuvitteli.
Riinalla oli takanaan pitkä suhde, joka oli loppunut Riinan päätöksellä. Hän oli tavannut poikaystävänsä jo yläasteella. Tiivis yhdessäolo oli tuntunut teininä ihanalta. Pojan jakamaton huomio oli imarrellut nuoren tytön itsetuntoa. Riina ajatteli silloin löytäneensä sielunkumppanin loppuiäkseen.
He asuivat lukion jälkeen yhdessäkin jonkin aikaa. Poikaystävä oli kuitenkin omistushaluinen ja mustasukkainen. Riina joutui selvittämään kaikki menonsa, ja silti mies soitteli perään, jopa useita kymmeniä kertoja päivässä. Mies oli vastassa, kun Riina tuli luennoilta. Jos Riina sattui juttelemaan miespuolisen opiskelutoverin kanssa, siitä seurasi tuntien

vatvominen ja riitely. Mies epäili kaikkea ja koko ajan. Se oli hyvin raskasta aikaa. Riina rakasti poikaystäväänsä, mutta mustasukkaisuus ja hallitsemisen halu oli liikaa.

Kun Riina sitten halusi erota, mies heittäytyi hankalaksi. Tilanne oli lopulta mennyt niin pahaksi, että Riina joutui muuttamaan eri paikkakunnalle. Vanhemmat olivat pahoillaan Riinan muutosta, mutta ymmärsivät ja tukivat tytärtään.

Nyt Riina valmistautui iltaan huolellisesti. Koska tilaisuuksia juhlintaan tuli harvoin, hän päätti panostaa kunnolla. Iltapäivällä hänellä oli aika kampaajalle. Riina piti pitkiä hiuksiaan päivisin yleensä ponnarilla, mutta tänään kampaaja saisi tehdä hiuksiin oikeat glamour kiharat.

Nuoren naisen vaatekaappi sisälsi vain vähän asuja, mutta jokainen vaate oli valittu huolellisesti. Riina osti harvoin uutta päällepantavaa, mutta valitsi silloin laadukkaita ja pitkäikäisiä vaatteita. Tänään hän pukisi ylleen mustan kotelomekon, sopivien värikkäiden asusteiden kanssa siitä tulisi tyylikäs mutta rento asu illanviettoon. Samalla asulla voisi mennä myös häihin ja hautajaisiin, jos sellainen tilaisuus tulisi joskus vastaan.

Riina avasi piironginlaatikon ja kaivoi sieltä kauniin, patinoituneen puisen korulippaan. Lipas oli Riinan isoisoisän tekemä, taitava puuseppä oli kaivertanut koristeet itse. Riina tunnusteli sormella tuttuja kuvioita, sydän keskellä ja kukkia ympärillä. Hän oli saanut lippaan jo lapsena. Silloin siellä oli säilytetty

kiviä, käpyjä ja näkinkenkiä, lapselle arvokkaita esineitä.
Nyt Riina säilytti siellä riipusta. Eikä mitä tahansa kaulakorua. Riina avasi korurasian ja jälleen kerran, henkäisi ihastuksesta. Hän ripusti korun kaulaansa ja katsoi peilistä, miten upea se oli. Turkoosinsininen safiiri sopi hänen silmiensä väriin täydellisesti. Safiiria ympäröivät timantit tekivät korusta hienostuneen. Kuitenkin tarpeeksi vaatimattoman, jotta korua saattoi käyttää ilman että vaikuttaisi pröystäilijältä.
Riina oli saanut suvussa perintönä kulkeneen korun haltuunsa jo ylioppilasjuhlissa. Hänen äitinsä tiesi tyttärensä olevan tarpeeksi vastuuntuntoinen pitääkseen huolta tästä parin tuhannen euron arvoisesta korusta. Ja kuitenkin äiti sanoi korua antaessaan, että jos tulee "paha paikka" ja rahat loppuvat, korun sai myydä. Se oli vain materiaa.
– Joskin erittäin kaunista materiaa, lisäsi äiti haikeana ja siveli safiiria.
Riinasta oli aina tuntunut, että korulla oli yliluonnollisia voimia. Se pystyi parantamaan ja tuomaan onnea. Usko siirsi vuoria? Siitäkö mahtoi kuitenkin olla kyse?
Riina aprikoi, jättäisikö korun kaulaan. Illasta voisi tulla riehakas. Entä jos koru katoaisi? Riinan vatsassa muljahti ikävästi. Se olisi hirveää. Tosin, mitä tekee korulla, jos sitä ei voi koskaan käyttää?
Riina pani korun takaisin laatikkoon. Ei tänään.

Iltaa kohti Riinan mieliala alkoi nousta. Hän avasi viinipullon odotellessaan ystäviään.
– Pitäisi varmaan juhlia hiukan useammin... Riina mietiskeli.
Hän oli eronsa jälkeen keskittynyt vain työntekoon ja opiskeluun. Nuoren naisen elämään pitäisi mahtua muutakin.
Ovikello soi, ja riehakas joukko tungeksi Riinan pieneen asuntoon.
– Ehdimmekö nauttia lasilliset? Matti kysyi ja kiirehti avaamaan tuomaansa kuohuviinipulloa.
– Pöytä on varattu ravintolasta vasta kello seitsemän, tässä on hyvin aikaa, Miia innostui. – Ja Riina, näytät tänään todella hyvältä! Hiuksesi ovat ihanasti. Aivan kuin filmitähdellä. Upeaa!
Iloinen seurue kuunteli musiikkia, he joivat kuohuviiniä ja puhuivat jonkin verran opiskeluistakin.
Heillä oli hauskaa.
– Kello on jo puoli seitsemän, meidän pitää lähteä, Miia touhusi.

Ravintola oli vain lyhyen kävelymatkan päässä, ja he olivat paikalla juuri oikeaan aikaan. Erinomainen ruoka, juoma ja seura saivat tunnelman nousemaan kattoon.
Kun ateria oli syöty, lasku oli tuotu pöytään ja maksettu, oli aika suunnitella loppuillan ohjelmaa.
– Ja sitten yökerhoon, Miia hihkui.
Koska viini oli noussut yhden jos toisenkin päähän, ryhmä päätti siirtyä seuraavaan kohteeseen. Tytöt

tahtoivat tanssimaan, ja pojat haikailivat baarin puolelle.
He saapuivat suositun yökerhon ovelle juuri ajoissa. Ovella ei ollut vielä jonoa, ja he pääsivät suoraan sisään. Tanssilattia oli tyhjä, mutta musiikki soi jo houkuttelevasti. Miia ryntäsi tanssimaan ja nappasi vastahakoisen Matin mukaansa. Muut siirtyivät baaritiskille tilaamaan drinkkejä.
Riina joi alkoholia harvoin. Nytkin hän tilasi kivennäisvettä. Kuohuviini ja aterialla juodut drinkit saivat pään pyörimään ja Riina päätti, että se sai riittää. Hän ei halunnut tuhlata seuraavaa päivää sairastamiseen krapulan takia.
Tanssilattialla oli jo muitakin kuin Miia ja Matti.
Miia viittilöi Riinalle:
– Tule tänne!
– Kohta... Riina lupasi, mutta Miia oli jo pyörinyt pois näköpiiristä.

– Ei mutta... Katsopas vain, kukas se täällä, en ollut tuntea "vaatteet päällä"...
Riina käännähti. Niklas hekotteli hänen takanaan drinkki kädessään.
– Iltaa, Riina sanoi ja yritti kuulostaa mahdollisimman viralliselta.
– Miten sinä täällä yksin istuskelet, taidat olla seuraa etsimässä? Niklas jatkoi.
Riinan epäonneksi hänen ystävänsä olivat joko tanssilattialla tai vessassa, hän tosiaan istui baaritiskillä yksinään, mutta se ei kuulunut Niklakselle.

– Ei, olen kavereiden kanssa...
Niklas ei joko kuullut tai kuunnellut vaan jatkoi siemaillen välillä pillillä drinkkiään.

– Täytyy sanoa, että kyllä siivoojastakin saa ihan hyvännäköisen, kun laittaa juhlavaatteet ja meikkiä, ja kun hiukset on kammattu, Niklas nauroi, ilmeisesti luullen olevansa vitsikäs.

Riinaa alkoi ärsyttää miehen suorasukaisuus. Eiväthän he edes tunteneet toisiaan.

– Niinhän se on, hienoilla vaatteilla voi peittää paljon, ihminen voi olla minkälainen idiootti vain, jos on Bossin puku päällä. Moni menee silloin vipuun.

Niklas hohotteli. Hän oli tukevassa humalassa, Riina huomasi sen nyt. Mies horjahteli hiukan ja otti tukea baaritiskistä.

– Lähdetäänkö, siivoojaneiti, tanssimaan? Niklas sopersi.

– Kiitos, ei tällä kertaa.

Riina nousi tuolista. Hänen olisi päästävä pois. Tilanne oli äärimmäisen kiusallinen.

Niklas siirtyi hänen eteensä seisomaan. – Etkö sinä tiedä kuka minä olen? Minulla on valtaa. Kuule, minä voin vaikuttaa aika paljonkin sinun tuleviin työkuvioihisi. Jos haluat olla tulevaisuudessakin meidän firmassamme töissä, kannattaisi olla ystävällinen.

Mitä mies tuolla tarkoitti? Oliko hän saanut selville, että Riina haki töitä ympäristöteknologian alalta. Oli mahdollista, että Rauno oli firmassa puhunut Riinan mahdollisesta työhön tulosta valmistumisen jälkeen.

– Mitä tarkoitat? Riinan oli pakko kysyä, vaikka se oli vastenmielistä.
Jos Niklas aikoi tosiaan hankaloittaa hänen työnsaantiaan insinöörinä, se kuulosti pahalta.
Niklas työnsi kasvojaan lähemmäs Riinan kasvoja. Alkoholi tuoksui vahvasti, ja Riinaa puistatti.
– Jos sinä tyttökulta aiot jatkossakin luututa meidän firmamme lattioita, kannattaisi olla minulle hiukan ystävällisempi...
Riina huokaisi. Se oli helpotuksen huokaus. Niklas ei tiennyt Riinan työkuvioista. Se sopikin Niklaksen itsekkään luonteen kuvaan. Niklakselle Riina oli pelkkä siivooja, sellaisella oli hädin tuskin ihmisarvo tuon pinnallisen jupin silmissä.
– Oletko muuten juhlimassa yksin vai vaimosi kanssa? Riina heitti puolihuolimattomasti samalla kun perääntyi taemmas aikomuksenaan paeta paikalta.
– Meillä on vaimoni kanssa vapaa suhde, älä sinä siitä huolehdi. Saan kai minäkin joskus pitää hauskaa, siis hauskaa, Niklas sönkötti.
– Sepä hauskaa, Riina sanoi ja lähti kohti naisten wc:tä.
Niklas jäi pitämään kiinni baaritiskistä. Drinkki oli melkein juotu, mutta Riina epäili, ettei Niklakselle enää tarjoiltaisi. Mies oli niin tukevassa humalassa.

Naistenhuoneen jonossa Riina mietti kotiinlähtöä. Mieliala oli laskenut, väsytti ja harmitti. Sitä paitsi häntä ei huvittanut olla samassa paikassa Niklaksen kanssa. Mies tuskin jättäisi häntä rauhaan, tämä oli niin sekaisin.

Eteisessä Riina huomasi Matin ja huikkasi tälle:

– Kerrotko muille, että lähdin jo kotiin. Minulla on vähän huono olo, väsyttää. Mutta oli tosi hauskaa, kiitos. Nähdään maanantaina.

Riina sai takkinsa narikasta. Oli kirkas syyskesän yö. Teki hyvää kävellä raikkaassa ilmassa. Riinalla ei ollut pitkä matka kotiin, juuri sopiva, jotta pää hiukan selvisi.

Kaduilla kuljeskeli vielä paljon ihmisiä. Suurin osa oli enemmän tai vähemmän humalassa, joko tulossa baarista tai menossa baariin.

Kulman taakse kääntyessään Riina näki kauempana kadun päässä tutun oloisen auton. Kaiken kukkuraksi autosta kuului kauas basson jumputus, kyseessä oli siis eittämättä Vilin auto. Siitä ei voinut erehtyä.

Riina ilahtui enemmän kuin olisi uskonut. Samalla hän tunsi jännityksen punan nousevan poskilleen. Uskaltaisiko hän mennä tervehtimään Viliä? Muistaisiko tämä edes Riinaa, hehän olivat tavanneet vain kerran pikaisesti? Tuskin satunnainen työhönopastaja oli jäänyt komean nuoren miehen mieleen samalla tavalla kuin Vili Riinan. Toisaalta, eipä tässä olisi paljon menetettävääkään. Jos autossa olisi Vilin tyttöystävä, Riina voisi perääntyä kunniallisesti esittäytymällä Vilin työkaveriksi.

Riina lähti kävelemään reippain askelin kohti jumputtavaa autoa. Samalla Riina huomasi miettivänsä, eikö Vili ollut hieman liian vanha mokomiin teiniamisbassovehkeisiin. Huvinsa kullakin. Oli kai ihmisillä hullumpiakin harrastuksia.

Riina oli jo lähellä, kun hän huomasi, että auto seisoi erään ravintolan edessä. Ravintolan ovi aukesi, ja Vili astui ulos. Riina oli jo nostamassa kättään ja huikkaamassa "Vili", kun hän huomasi, että Vilin käsipuolessa roikkui nainen. Riina perääntyi äkkiä läheiseen porttikongiin. Varovasti hän kurkisti kulman takaa kuin paraskin salapoliisi.
Nainen taisi olla vähän huppelissa, kun heilui edestakaisin ja kikatteli kovaäänisesti. Vili auttoi naisen takapenkille. Juuri ennen kuin ovi meni kiinni, nainen kääntyi, ja Riina näki hänen kasvonsa.
– Mitä....?
Riinan sydän läpätti kiivaasti. Hän nojasi talon seinään ja yritti rauhoitella itseään. Uskomatonta!
Vilin käsipuolessa oli ollut Monika, hänen pomonsa.
Ei sen puoleen, Monika oli hyvännäköinen nainen.
Eikä mikään ikäloppu, ei suinkaan. Voihan nainen olla muutaman vuoden vanhempi miestä, ei se ole tavatonta. Nuori nainen ja vanha mies ei hämmästyttänyt enää ketään. Mutta silti.
Riinaa riipaisi ajatus Monikasta ja Vilistä yhdessä. Hän piti Monikasta paljon ja oli tälle kiitollinen. Jos Vilin kainalossa olisi ollut joku tuntematon tytteli, Riina olisi saattanut kokeilla onneaan miehen valloituksessa. Tai edes mennyt tervehtimään kuin ystävää. Monikalle hän ei tekisi sellaista. Hän kunnioittaisi heidän suhdettaan, niin vaikealta kuin se nyt tuntuikin.

Kotiin kävellessään Riinalle alkoi selvitä sekin, miksi Vili kävi siivoamassa Monikan yrityksessä. Tietenkin pariskunta teki töitä yhteiseksi hyväksi. Mahtoivatko rahat Vilin ökyautoon tulleet myös Monikan kukkarosta? Riina ajatteli kitkerästi ja katui heti pahoja ajatuksiaan. Nyt hän oli vain kateellinen ja pahansuopa.
Riina päätti unohtaa Vilin ja Monikan suhteen. Mitäpä se edes hänelle kuului. Ilta oli ollut hauska, lukuun ottamatta Niklaksen kohtaamista baarissa. Huomenna olisi lepopäivä. Ensi viikon tenttejä ja töitä Riina ei aikonut miettiä ainakaan vuorokauteen.

3

Äidin lohtupullia, kiitos

Maanantaina Riina päätti tehdä siivousvuoronsa Green Futuressa jo aamupäivällä. Jos Niklas sattuisi olemaan paikan päällä, näin hänen ei tarvitsisi olla hänen kanssaan kahdestaan. Työt sujuivat jo tehokkaasti, hän oli oppinut tavat ja niksit.
Harmikseen Riina huomasi, että Niklas oli huoneessaan. Vaikka hän vitkutteli ja siivosi kaikki huoneet ennen Niklaksen huonetta, pian jäljellä oli vain se.
– No, härkää sarvista... ajatteli Riina ja koputti oveen.
Jos mies ei halunnut siivousta, eipä hän sillekään mitään mahtanut, ja toivoi, että asian laita olisi juuri

näin.
– Tule sisään, Niklas sanoi, ja Riina astui reippaasti huoneeseen.
Sanaakaan sanomatta Riina alkoi mopata lattiaa ja pyyhkiä pölyjä hyllyistä. Roskakori näytti olevan Niklaksen työpöydän alla. Sinne hän ei menisi sitä kaivelemaan, se oli varma.
– Kuinkas lauantai-ilta sujui, pääsikö joku onnenpekka saatolle?
Ei sitten voinut olla hiljaa, ajatteli Riina, mutta vastasi kohteliaasti. – Hyvin kiitos.
– Tytöllä näytti olevan kova meno päällä, huomasin kyllä. Aika villi tapaus taidat olla tuon tyynen ulkokuoresi alla, Niklas jatkoi.
Tässä kohtaa Riina olisi voinut mainita jotain Niklaksen juopumuksen tilasta, mutta ei halunnut jatkaa keskustelua yhtään pitempään kuin oli pakko. Hän kääntyi lähteäkseen, mutta kuuli takanaan Niklaksen sanovan:
– Mikä unohtui?
Riina kääntyi. Niklas virnisteli tuolissaan ja osoitteli etusormellaan alaspäin, jalkojensa väliin.
Puistattavaa, ajatteli Riina. Eikö tämä täytä jo seksuaalisen häirinnän merkit?
Hän pani oven takanaan kiinni ja kuuli Niklaksen huutavan:
– Roskis, tyttö, roskis unohtui, ja nauravan päälle.
Ensi kerralla Niklaksen huone saisi jäädä siivoamatta, jos mies oli paikalla. Tehköön valituksen, antakoon potkut, mutta sinne hän ei enää menisi. Jäljellä

oli enää pari kuukautta, sen jälkeen siivoukset olisivat Riinan kohdalta ohi, ainakin tällä erää.

Palatessaan illalla yliopistolta Riina huomasi, että Monika oli yrittänyt tavoitella häntä. Riina epäröi hetken, ennen kuin soitti takaisin. Kuinka hän suhtautuisi hänelle paljastuneeseen asiaan Vilin ja Monikan suhteesta? Toivottavasti asia ei tulisi esille.
– Hei, kiva kun soitit, Monikan ystävällinen ääni sanoi puhelimen toisessa päässä. – Onko sinulla huomenna kiireinen päivä, ehtisitkö tavata?
Mikä mahtoi olla niin tärkeää? tuumi Riina mielessään. Heillä oli sopimukset kunnossa kevääseen asti.
– Ehdinhän minä. Missä tavataan?
Monika lupasi tarjota lounaan läheisessä ravintolassa.

Riina istui jo pöydässä, kun Monika kiirehti paikalle.
– Anteeksi... Olen myöhässä. Viime hetken muutos yhdessä kohteessa. Sain uuden työntekijän eilen.
– Ei se mitään. En ole vielä kauan ehtinyt odotella.
Tällä kertaa Riinaa hieman jännitti Monikan tapaaminen. Nainen ei ollut koskaan puhunut yksityisasioistaan, vaikka he olivat hyvät ystävät. Kenties Monika piti Riinaa kuitenkin enemmän työntekijänään eikä näin ollen halunnut avautua elämästään sen enempää. ja mitäpä se oikeastaan Riinalle kuului, kenen kanssa tämä seurusteli.
– Kuinka sinun opiskelusi sujuvat? Monika kysyi.
– Oikein hyvin. Lopputyö on viittä vaille valmis, ja

saan luultavasti paperit pian. Sitten olen valmis diplomi-insinööri.
– Hienoa. Meillähän on sopimus siihen asti, eikö niin. Sinä hoidat Green Futuren siihen asti.
– Kyllä...
Riinaa ihmetytti, miksi Monika otti asian puheeksi. Sehän oli sovittu ja selvä juttu.
– Minun pitää kertoa sinulle eräs asia, Monika sanoi, ja Riinasta näytti, että tämä punastui. – Minä olen nimittäin tavannut erään miehen.
Siinä se sitten tuli, Riina ajatteli ja huomasi harmikseen, että Monikan tunnustus ärsytti häntä. Pitikö asiaa nyt oikein hieroa vasten hänen naamaansa? Eihän heillä ollut tapana puhua muulloinkaan yksityisasioista, miksi siis nyt?
– Vai niin, Riina sai vaivoin sanottua. – Sehän kuulostaa hienolta.
Tosiasiassa Riina toivoi Monikalle pelkkää hyvää. Tämä oli menettänyt vanhempansa nuorena, sen verran hän tiesi tämän historiasta. Nuorena yrittäjänä elämä oli varmasti ollut usein hankalaa. Jos nyt vihdoin Monika löysi kumppanin, asiasta oli syytä olla iloinen eikä kade.
– Olemme tapailleet nyt muutaman kuukauden, mutta olen ihastunut kuin teinityttö, Monika kertoi ja hymyili kuin Hangon keksi. – En uskonut, että kokisin vielä elämässäni jotain tällaista. Tämä on silti ihanaa!
Riina ponnisteli hymyn huulilleen.
– Onneksi olkoon, olet ansainnut sen, hän sanoi ja

todella tarkoitti sitä. – Missä te tapasitte?
– Hän käveli sisään yritykseeni.
Niinpä niin. Monikalla oli käynyt aivan uskomaton tuuri. Riina toivoi, että samanlainen onni kohtaisi häntäkin vielä joskus. Myös hän toivoi tapaavansa jonkun Vilin kaltaisen kiltin ja komean miehen.
– Mutta eihän minun pitänyt höpötellä ihastumisjuttujani, oli minulla ihan oikeaakin asiaa. Olen nimittäin päättänyt myydä yritykseni.
Siinäpä uutispommi. Riinan suu loksahti auki. Tätä hän ei ollut odottanut.
– Oletko tosissasi?
– Olen miettinyt asiaa jo pitemmän aikaa. Tosi asiahan on, että ehtisin vielä kokeilla jotain muutakin elämässäni. Ajattelin että jospa pääsisin hieman helpommalla. Sain firmasta hyvän tarjouksen ja aion tarttua siihen.
– Olet näköjään miettinyt asiaa huolellisesti. Eihän sinä sitten mitään. Onnea matkaan.
– Halusin kertoa sinulle, koska olet ollut hyvä työntekijä. Tiedän, ettet palaa siivoustyöhön, kun saat tutkintosi valmiiksi. Siihen saakka olen kiitollinen avustasi.
– Onko uusi rakkaus syynä myymiseen? Riina kysyi ja nolostui saman tien.
Toivottavasti hän ei kuulostanut katkeralta vanhaltapiialta, joka kadehtii ystävänsä onnea.
– Osittain... Monika sanoi ja tuijotti haaveellisena ulos ikkunasta. – Ei. Kyllä uusi rakkaus on kokonaan syy siihen, että päätin tehdä tämän elämänmuu-

toksen. Näin se on.

Vilillä oli siis suuri vaikutus, tuumi Riina. Toivottavasti pojalla on puhtaat jauhot pussissa. Monika ei ole ansainnut joutua onnenonkijan koukkuun. Naiset sopivat tapaavansa vielä ennen kuin Riinan työt loppuvat. Siihen asti Monika kuitenkin oli firman omistaja. Kaupat tehtäisiin vasta kesällä.

Haikeana Riina laahusti kotiin. Harmaa päivä ei ollut omiaan parantamaan matalaa mieltä. Kunpa hänkin löytäisi jonkun Vilin kaltaisen kumppanin. Toki hänkin elätteli unelmaa perheestä ja kodista. Hän halusi lapsia, pari kolme ainakin. Tietenkin työ oli tärkeä, mutta silti perhe tulisi aina ensimmäisenä. Kotiin päästyään hän päätti soittaa äidille.

– Onko kaikki hyvin? äiti kysyi heti, kun oli vastannut puhelimeen.

Riina soitteli kotiin harvoin, ehkä liiankin harvoin. Oli selvää, että äiti epäili jotain tapahtuneen, kun tytär otti yhteyttä.

– On, on toki. Kaikki on hyvin. Mitä sinne kuuluu? Kuinka isä voi?

Riinalla oli pala kurkussa, kun hän kuunteli äidin jutustelua. Voiko aikuisella naisella olla yhtäkkiä näin ikävä äitiä ja isää? Juuri tällä hetkellä hän ei olisi muuta halunnut kuin käpertyä äidin ja isän kainaloon, juoda kaakaota ja katsoa tv:stä Emmerdalea. Riina halusi nähdä vanhempansa ja päätti siinä samassa, että lähtisi heti viikonloppuna käymään kotonaan.

– Sopiiko, että tulen käymään viikonloppuna?
Äidin ääni kuulosti iloiselta. – Tietenkin. Ihana nähdä. Laita viestiä, mihin aikaan tulet, niin tulemme isän kanssa vastaan.
Puhelun loputtua Riina purskahti itkuun. Näin yksinäiseksi hän ei ollut tuntenut oloaan aikoihin.

Loppuviikosta Riina varasi junaliput. Hän palaisi vasta tiistai-iltana. Maanantain luennot oli peruttu sairaustapauksen vuoksi, mikä sopi Riinalle oikein hyvin. Matkustamiseen meni melkein viisi tuntia suuntaansa, joten yhden päivän takia ei viitsisikään vaivautua.

Green Futuressa työt olivat sujuneet hyvin, koska Niklas oli ollut poissa koko viikon. Miten yksi ihminen voikin pilata ilmapiirin noin totaalisesti? Ehkä miehellä oli henkilökohtaisia ongelmia, joiden takia hän oli noin epämiellyttävä muita kohtaan, mene tiedä.

Viiden tunnin junamatkalla Riinalla oli aikaa miettiä tulevaisuuttaan. Hän oli siinä pisteessä, mihin oli pyrkinytkin. Suunnitelmat olivat edenneet juuri niin kuin hän oli halunnut. Miksi siis hänen sisällään tuntui niin tyhjältä?
Olisiko hän onnellisempi nyt, jos olisi jäänyt suhteeseen teini-ihastuksensa kanssa? Luultavasti he olisivat jo naimisissa, kenties olisi muutama lapsikin, koti... Tavallista elämää. Todennäköisesti Riinan olisi ollut pakko jäädä kotiin, mies ei hyväksynyt

uranaisia, ainakaan ennen.
Nyrkin ja hellan välissä, mietti Riina ja oli sittenkin tyytyväinen tekemäänsä ratkaisuun.

Juna saapui asemalle puoli tuntia myöhässä. Riina oli kärsimätön. Pitkä matka väsytti, oli nälkä ja jano, kaikki ylimääräinen vaiva ärsytti enemmän kuin oli tarpeen.
Junasta astuessaan Riina näki äitinsä ja isänsä vilkuttavan ja kävelevän hymyillen vastaan. Hän juoksi äitinsä syliin kuin pikkutyttö, halasi tätä ja purskahti itkuun.
– Noh, noh, mikäs nyt...?
Äiti taputteli Riinaa selkään. – Ei mitään hätää, kaikki hyvin.
Riina pyyhki silmänsä. Hiukan häpeillen hän sanoi:
– On niin pitkä aika siitä kun olen käynyt. On ollut vähän ikävä.
Isä otti hänen laukkunsa, ja he ajoivat kotiin. Katsoessaan ulos auton ikkunasta Riinasta tuntui, että mikään ei ollut muuttunut. Maisema oli täsmälleen samanlainen kuin hänen ollessaan alakoulussa. Tuolla pellolla oli hiihdetty, koulukin oli vielä käytössä, lapsia siis syntyi edelleen. Keskustasta löytyi pankki ja muutamia kauppoja, ravintola ja baari.
Silti Riina ei kaivannut tänne. Hänen vanhempansa olivat ainoa syy, miksi hän ylipäänsä tuli tänne enää.

Kotona Riina rentoutui, isä lämmitti saunan, ja äiti oli leiponut pullaa. Kaikki oli turvallista ja lämmintä, kuin lapsena. Riina nukkui yön omassa huoneessaan sikeästi. Tätä hän oli kaivannut, päästä hetkeksi pois kaikesta stressistä ja suorittamisesta.

Aamulla Riina nukkui pitkään. Kun hän heräsi, keittiöstä kuului kolinaa. Kahvin tuoksu tuli raollaan olevasta ovesta, ja Riina tunsi itsensä nälkäiseksi.

– Huomenta.

Isä istui keittiön pöydän ääressä ja luki sanomalehteä. Puurokattila höyrysi, ja tuore leipä näytti kerta kaikkiaan herkulliselta.

– Ihanaa, Riina sanoi ja istui syömään.

Hän tunsi itsensä täydellisen onnelliseksi tässä hetkessä.

Lähtisitkö Riina käymään kaupassa? kysyi äiti iltapäivällä, kun lounas oli syöty. – Isä voi sillä aikaa tehdä hommiaan, kun ei tarvitse ajaa. Kirjoitan listan mukaan.

Mikä ettei? Olisi hauska ajella pitkin kylän raittia vanhoilla paikoilla. Ehkä joku tuttukin tulisi vastaan. Luultavasti moni Riinan koulukavereista oli muuttanut pois työn ja opiskelun perässä. Muutamaan ystävään Riina oli pitänyt yhteyttä, joskin harvakseltaan. Kun kuvioihin tuli poikaystävät ja lapsia, yhteydenpito väheni, joskus loppui kokonaan.

Kylällä oli hiljaista. Maaseutupaikkakunnalla ei viikonloppu ollut samanlainen kaupassakäyntipäivä kuin kaupungissa. Riina ajoi marketin pihaan, parkkipaikkaa ei tarvinnut etsiä eikä huolehtia kiekosta saati maksaa parkkipaikasta jotain. Pienen paikkakunnan iloja.

Äidin antama ostoslista korissaan Riina asteli kauppaan. Heti ovella kassa tervehti häntä iloisesti. Ketjun kaupassa kaikki tavarat olivat oikeilla paikoillaan. Oli aivan sama, keräsikö tuotteet omassa lähikaupassa vai 500 kilometrin päässä olevassa kaupassa. Toisaalta harmi. Kaikki persoonallisuus katosi. Muutamia lähituotteita sentään löytyi täältäkin.

Etsiessään leivinjauhetta Riina kääntyi kärrynsä kanssa hyllyn taakse ja huomasi tuijottavansa suoraan entisen poikaystävänsä silmiin. Tilanteesta oli mahdotonta paeta sanomatta mitään.

– Ai hei... Riina tervehti ja yritti hamuilla kasvoilleen jonkin sortin hymyä.

Hänelle oli täysi arvoitus, minkälaisen vastauksen hän saisi. Heidän eronsa ei ollut mikään sopuisa.

– Karri. Mitä kuuluu? Riina jatkoi, kun mies vain tuijotti.

Kun toinen ei vieläkään sanonut mitään, Riina veti kärryään taaksepäin ja aikoi peruuttaa ja kääntyä pois. Silloin kuitenkin Karri tarttui hänen ostoskärryynsä ja piti siitä tiukasti kiinni.

– Mitä sinä täällä teet? Karri tiuskaisi ja näytti vihaiselta.

Riina tunsi miten hienoinen pelko hiipi hänen jäseniinsä, tunne oli tuttu heidän seurusteluajoiltaan. Nytkin Riinan teki mieli pyytää anteeksi, vaikka ei ollut tehnyt mitään pahaa.

– Tulin käymään kotona... Isän ja äidin luona. Vain viikonlopuksi.

Samalla Riina yritti riuhtaista kärryään irti Karrin otteesta. Karri piti kuitenkin kärrystä lujasti kiinni.

– Paljon parempi olisi, ettet näyttäisi naamaasi täällä enää ikinä, Karri sihisi. – Niin paljon pahaa sait aikaan, elämäni on pilalla, kaikki on pilalla, sinun takiasi. Tajuatko?

– Anteeksi... Riina sanoi ja nyki kärryään entistä kovemmin.

Pian hänen ainoa vaihtoehtonsa olisi jättää kärry niille sijoilleen ja juosta pois.

– Isi... kuului pieni ääni Karrin takaa.

Karri kääntyi. Hän nosti pienen pojan syliinsä. Heidän viereensä tuli myös nuori raskaana oleva nainen, joka katsoi vuorotellen Karria ja Riinaa, mutta ei sanonut mitään.

– Niin... tuota, törmäsin tässä vanhaan koulukaveriini, Karri sanoi hätäisesti naiselle ja vilkaisi Riinaa alta kulmain. – No, mennään jo.

Karri lähti poika sylissään harppomaan kassoja kohti. Raskaana oleva nainen kipitti perässä minkä suurelta vatsaltaan kykeni.

Riina veti muutaman kerran syvään henkeä rauhoittuakseen. Tätä kohtaamista hän ei ollut odottanut. Tunsiko Karri edelleen noin syvää vihaa häntä kohtaan? Se tuntui järkyttävältä ja pelottavalta. Ja olivatko nainen ja lapsi Karrin perhettä? Olisihan heidät voinut esitellä.

– Olkoon! Mitäpä se minulle kuuluu.

Riina haki leivinjauheen hyllystä ja työnsi kärryään hitaasti kohti kassoja. Hän halusi varmistaa, että Karri ja Karrin perhe olisivat poistuneet kaupasta ennen kuin lähtisi itse ulos. Kassalla oli tyhjää, joten Riina maksoi ostokset ja ajoi kotiin.

Miltä kylällä näytti? äiti kysyi, kun Riina palasi ostoksineen. – Näitkö tuttuja?
Riina mietti, viitsisikö kertoa Karrin tapaamisesta. Hänen vanhempansa tiesivät, miten hankala ero oli ollut. Varsinkin äiti oli ollut huolissaan jo heidän seurusteluaikoinaan. Kun Riina sitten muutti pois, osaksi Karrin takia, se tietenkin suretti hänen vanhempiaan.
– Törmäsin kaupassa Karriin.
– Ei kai, äiti huokaisi. – Kaikista kylän ihmisistä juuri häneen. Olipa huonoa tuuria. Puhuitko hänen kanssaan?
– Muutaman sanan...
Riina päätti olla kertomatta äidille, mitkä ne "muutamat sanat" olivat olleet. Tuskin äitiä kannatti huolestuttaa sillä, että entinen poikaystävä tunsi edelleen niin suurta vihaa häntä kohtaan. Se oli tullut hänelle itselleenkin yllätyksenä.
– Karrilla menee nykyään hyvin, äiti sanoi. – Hänellä on vaimo ja lapsi. Taitaa olla toinenkin lapsi tulossa, näin kuulin kerrottavan. Ihanaa, että hänen elämänsä järjestyi kuitenkin noin hienosti. He ostivat Mikkosten vanhan omakotitalon ja ovat kunnostaneet siitä hienon kodin.

– Sepä hienoa.
Riina ei ollut uskoa korviaan. Hänelle sähisevä uhkaava mies ei näyttänyt onnelliselta perheenisältä, ei ainakaan sillä hetkellä.
– Karrilla on hyvä työpaikka työnjohtajana, äiti jatkoi. – Näin viime viikolla Karrin äitiä kaupassa, ja hän oli hurjan ylpeä Karrista ja Karrin perheestä. Hän kyseli myös sinun kuulumisiasi.
Todennäköisesti äiti jätti kertomatta, että Karrin äiti oli ylpeillyt lapsenlapsillaan ja säälinyt Riinan äitiä, jolla ei sellaisia ollut. "Ura on joillekin tärkeintä", tämä oli luultavasti todennut ja pahoittanut äidin mielen.
– Hieno juttu, jos Karrilla on nyt kaikki hyvin, Riina sanoi ja tarkoitti sitä.
Pieni haikeus vai olisiko se peräti kateuden pistos, tuntui Riinan sydänalassa, kun hän mietti Karria ja tämän suloista pientä poikaa. Jos hän olisi jatkanut Karrin kanssa, olisiko hänellä nyt pieni poika? Perhe ja talo? Vauva tulossa?
Nyt hänellä ei ollut mitään.
Riina tunsi palan nousevan kurkkuunsa. Hän sanoi äidille lähtevänsä ulos kävelemään. Äidin ei tarvinnut nähdä hänen kyyneliään, huolestuisi vaan lisää.

Lapsena Riina leikki paljon metsässä. Ehkä siitä kumpusi hänen kiinnostuksensa luonnonsuojeluun ja ekologiseen elämään. Hän tunsi olevansa omalla alallaan opiskellessaan ympäristötiedettä. Kenties hän voisi kantaa oman kortensa kekoon maailman

suojelemiseksi.
Metsässä kävely rauhoitti. Riina kulki tuttua polkua pitkin. Se vei vanhalle kansakoululle. Nykyään siellä kokoontuivat kyläyhdistys ja erilaiset kerhot. Hienoa, että kylällä oli aktiivisia ihmisiä, jotka jaksoivat harrastaa, Riina mietti.

Kansakoululta pääsi takaisin tielle, ja Riina päätti kävellä takaisin sitä kautta. Liikennettä ei juuri ollut. Alue oli harvaan asuttu, moni talo oli jäänyt jopa tyhjilleen, kun asukkaat olivat muuttaneet pois, isompiin kaupunkeihin.
Pikkuhiljaa Riinan olo alkoi tuntua paremmalta. Hän oli tuntenut syyllisyyttä Karrin takia. Hänen kuullessaan äidiltä Karrin perheestä ja onnellisesta elämästä syyllisyys alkoi hälvetä. Ehkä hänelläkin olisi jokin päivä vielä edessä samanlainen onnellinen elämä perheineen, lapsineen.

Riina kuuli takaansa tööttäyksen ja meni tien sivuun. Musta farmariauto ajoi hänen ohitseen, hiljensi ja pysähtyi pientareelle.
Riina käveli eteenpäin. Hän ei tunnistanut autoa.
Kun hän oli ohittamassa autoa, ovi aukesi ja Karri astui ulos.
– Voidaanko jutella?
Riina pelästyi enemmän kun halusi myöntää. Hän ei ollut varautunut miehen tapaamiseen, varsinkin nähtyään tämän perheen. Hän oli uskonut, että heidän asiansa oli loppuun käsitelty.

- Miksi? Mistä?
- Vaikka siitä, mitä sinä teit, jätit minut.

Mitä ihmettä? Riina oli ällistynyt. Oliko mies tosissaan? Mitä Karri teki täällä jauhamassa vanhoista asioista, kun kotona odotti vaimo ja lapsi?

- Tule kyytiin.

Karri meni auton toiselle puolelle ja avasi oven. Äkkiä Riina tunsi kutistuvansa taas pieneksi teinitytöksi, jonka poikaystävä määrää ja komentaa. Kuin robotti Riina istui autoon.

Karri kaasutti ja ajoi eteenpäin tuttua tietä kovaa vauhtia. Riina huomasi, että hänen kotitalonsa vilahti ohi, mutta ei saanut sanottua mitään.

Karri pysäytti auton kylän uimarannalle. Tähän aikaan rannalla ei ollut ketään. He istuivat autossa sanomatta sanaakaan. Kumpikaan ei edes katsonut toisiaan.

Pitkän hiljaisuuden jälkeen Karri kääntyi Riinan puoleen. - Arvaa, oliko yhtä helvettiä nähdä sinut siinä edessä yhtäkkiä.

- Anteeksi.
- Minulla on ollut ikävä sinua, uskotko. Ei mene päivää, etten ajattele sinua, Karri sanoi ja kohotti kättään silittääkseen Riinan hiuksia. - Näytät hyvältä.

Heillä oli ollut seurustelusuhteessaan hyviäkin hetkiä, varmasti enemmän kuin huonoja, ja Riinalle tuli houkutus antaa tunteille valta ja antautua muistoihin. Hänellä ei ole ollut poikaystävää Karrin jälkeen, ja hän kaipasi kosketusta. Nyt hänellä oli siihen tilaisuus.

Karrin kasvot lähestyivät Riinan kasvoja. Mies aikoi suudella häntä, eikä se tuntunut Riinan mielestä ollenkaan pahalta. Hän sulki silmänsä ja näki edessään Karrin vaimon ja lapsen.

– Oletko hullu! Riina huusi ja syöksyi autosta ulos. Hän lähti juoksemaan tietä pitkin kotiin päin. Hän kuuli takaa Karrin askeleet. Pian tämä saikin hänet kiinni ja otti syliinsä.

– Mutta rakastan sinua, Karri piti Riinaa tiukassa otteessa.

He halasivat toisiaan, kunnes Riina irrottautui Karrin otteesta.

– Tajuatko ollenkaan, mitä sinä puhut? Sinulla on suloinen lapsi, kaunis vaimo ja vauva tulossa. Äiti kertoi, että olette remontoineet talon ja sinulla on hyvä työpaikka. Oletko tosiaan valmis pilaamaan tuon kaiken jollain pikasuhteella vanhaan tyttöystävään?

– Ei... Sinä muutat tänne, menemme naimisiin, eroan vaimostani...

– Ei Karri. Minä en muuta tänne. Minulla on oma elämä muualla. Sinä olet saanut elämäsi järjestykseen ja sinulla on kaikki hyvin. Älä nyt sotke kaikkea.

– Kunpa et olisi tullut tänne! Karri huusi Riinan edessä kädet suorina nyrkissä ja oli raivoissaan. Äskeinen herkkä hetki oli tiessään.

– Karri, Karri rauhoitu.

Riinasta tuntui että oli paras yrittää tyynnytellä miestä ettei tilanne riistäytyisi käsistä. – Tiedätkö... Olen kateellinen sinulle.
– Kateellinen? Minulle? Mitä sinä puhut?
Karrin jännitys näytti helpottavan, eivätkä kädet enää puristuneet nyrkkiin. – Miksi sinä olisit minulle kateellinen? Sinä jätit minut, muistatko?
Nyt oli syytä valita sanat oikein. Riina ei halunnut suututtaa Karria yhtään enempää.
– Se oli meidän molempien parhaaksi. Löysin itselleni sopivan opiskelupaikan, olen nyt siellä, minne aina halusin.
– Olisin voinut lähteä mukaasi!
– En olisi voinut tehdä sinulle niin. Tämä on kotisi. Sitä paitsi, olet nyt löytänyt unelmiesi naisen. Sinulla on poika ja kohta toinen lapsi.
– Sinä olet unelmieni nainen.
Riinaa hirvitti, että Karri puhui noin. Miehellä oli odottamassa raskaana oleva nainen, ja silti tämä todisti rakkauttaan toiselle samaan aikaan. Mahtoiko mies olla muuttunut ollenkaan? Toivottavasti tämän nykyinen suhde ei ole niin ahdistava ja piinallinen kuin heidän oli ollut. Kenties uusi vaimo on joustavampi ja alistuu komenteluun ja kontrolliin. Se ei ollut hänen murheensa, mutta tunsi silti sympatiaa vaimoa kohtaan.
– Sinulla Karri on jo kaikki. Perhe, lapset... Ole kiitollinen heistä ja mene kotiin.
– Mutta meillä olisi voinut olla se kaikki. Jos et olisi jättänyt minua...

– Sinä halusit perheen, minä aioin opiskella ja tehdä töitä. En tiedä, saanko koskaan perhettä. Olisitko tosiaankin tyytynyt siihen?

Karri oli hiljaa. Ehkä hän punnitsi asioita. Toinen vaihtoehto oli, että hän arvioi, oliko hän tehnyt hyvän ratkaisun vai ei. Luultavasti mies ei olisi koskaan tyytyväinen. Aina jollain oli asiat paremmin, enemmän lapsia, kauniimpi vaimo, suurempi talo, hienompi auto, parempi työpaikka... Riinaa mies himoitsi varmaan vain siksi, että ei ollut tätä saanut, vaan tyttö oli tehnyt omat ratkaisunsa. Se katkeroitti miehen mielen. Hän halusi hallita ja kontrolloida. Siihen eivät kaikki naiset suostuneet. Joku oli suostunut, tai sitten Karri kohteli häntä eri tavalla kuin oli kohdellut häntä. Asia ei Riinalle kuulunut, eikä se edes kiinnostanut.

– Mene kotiin, Karri. Kaikkea hyvää sinulle ja perheellesi. Ole onnellinen siitä.

– Vienkö sinut kotiin? Karri kysyi seisottuaan hetken hiljaa.

– Ei, minä kävelen.

Karri käveli hyvästejä jättämättä autoonsa ja ajoi pois. Lähtiessään hän ei edes vilkaissut Riinaan päin. Vaikka tilanteen raukeaminen oli suuri helpotus, silti Riina tunsi itsensä pohjattoman surulliseksi. Jotain oli lopullisesti päättynyt. Ehkä hän tosiaan joutuisi olemaan koko elämänsä yksin, ei perhettä ei lapsia, "vanhapiika" uraohjus. Riinaa alkoi itkettää.

Riinalta kului lähes tunti, ennen kuin hän oli kävellyt

takaisin uimarannalta. Äiti tuli eteisessä vastaan huolestuneen näköisenä.
– Miten sinä näin kauan olit ulkona? Ruokakin jäähtyy. Mihin asti sinä oikein kävelit?
Riina ei kertonut kohtaamisestaan Karrin kanssa. Mitäpä turhaa huolestuttamaan. Koko tapaus oli jotenkin nolo.
– Innostuin vähän, kun pääsin tuttuihin maisemiin. Nyt on kova nälkä. Mitä herkkua olet tehnyt?
Äiti näytti uskovan Riinan selityksen. Hän pyysi Riinan istumaan pöytään ja kantoi tälle eteen kuuluisia hirvenlihapulliaan. Isä liittyi seuraan, ja he istuivat pitkään jutellen ja vanhoja muistellen. Huomenna Riina lähtisi takaisin.

Aamulla herätessään Riina haistoi tuoreen kahvin. Hän tunsi haikeutta, kun ajatteli kotiinpaluuta. Tämä pieni loma oli kuitenkin tehnyt hyvää. Ajatukset eivät pyörinet koko ajan tenteissä, valmistumisessa, töissä, Vilissä... Tosin Karri-episodi ei kuulunut Riinan toivomiin yllätyksiin, mutta siitäkin oli selvitty, toivottavasti lopullisesti.
– Huomenta, äiti sanoi, kun Riina kömpi aamupalapöytään. – Moneltako se juna lähtikään? Vieläkö me ehdimme istua hetken yhdessä?
– Vasta iltapäivällä. Viettekö minut asemalle?
– Tietenkin.
Riina huomasi, että äiti liikuttui. Jäähyväiset olivat aina vaikeat, kun äiti puhkesi kyyneliin ja isä koetti pysyä pokkana. Mutta toisaalta se oli hyvin herttais-

ta.
- Tehän voisitte tulla keväämmällä minun luokseni muutamaksi päiväksi. Käydään vaikka teatterissa? Ostoksilla?
- Kyllä vain, äiti innostui.

Aika kului liian nopeasti. Pian oli aika lähteä junalle, ja haikeiden hyvästien jälkeen Riina istui taas junassa. Hän kaivoi esiin tenttikirjansa, mutta ei pystynyt keskittymään lukemiseen. Hän pani kirjan pois ja alkoi katsella ikkunasta maisemia.

Lomalta palaaminen oli aina vaikeaa. Tyhjään kotiin oli tällä kertaa jotenkin vielä ankeampaa tulla kuin joskus. Vaikka Riina oli ollut poissa vain muutaman päivän, oma kaunis koti tuntui kylmältä ja kolkolta. Ei miestä, ei lapsia, kukaan ei kaivannut.

Oli myöhä, ja Riina oli väsynyt. Hän päätti mennä nukkumaan. Ehkä aamulla kaikki tuntuisi paremmalta. Työntäyteinen päivä saisi ajatukset pois siitä miten säälittäväksi hän tunsi itsensä tällä hetkellä. Yksinäiseksi ja säälittäväksi, juuri niin.

4

Flunssapilven hopeareunus

Aamulla olo ei ollut juuri parempi, päinvastoin. Riina tunsi itsensä sairaaksi ja väsyneeksi. Kurkku oli kipeä, ja häntä palelsi. Ei kai tämä ole flunssaa? En saa sairastua, Riina ajatteli kun yritti väkisin nousta sängystä ylös.

Hän haki kuumemittarin ja pani sen kainaloon. Hän ehti hetkeksi torkahtaakin, ennen kuin muisti ottaa mittarin pois kainalosta.

– 38,8 astetta, hyvänen aika.

Riinaa heikotti. Tänään hän ei pääsisi luennolle eikä töihin. Apua! Green Future pitäisi hoitaa tänään. Siihen Riina ei kykenisi. Hän hamuili pöydältä puhelimensa ja etsi Monikan numeron.

– Riina hei, huomenta, mitä kuuluu? Monikan heleä ääni vastasi puhelimessa.

– Huonoa... Olen sairas.

– Ei kai, voi kamalaa. Mikä sinulla on?

– Kuumetta, nuha, kylmä, lihakset kipeät ja vaikka mitä. En kykene nousemaan petistä tänään, en sitten millään.

– Et tietenkään.

– Tänään olisi Green Futuren siivous, saatko ketään sinne näin lyhyellä varoitusajalla? Ja loppuviikosta olisi toinen kerta, en tiedä, olenko kunnossa silloinkaan.

– No varmasti saan, menen itse, jos ei muu auta. Maailma ei siihen kaadu. Pääasia että saat itsesi kuntoon.

Monikan sanat kuulostivat lohdullisilta. Riina alkoi itkettää. Joka paikkaan sattui, ja ystävälliset sanat saivat tunteet pintaan. Hän katui, että oli ajatellut pahoja ajatuksia Monikan ja Vilin suhteesta. Monika ansaitsi kaiken hyvän.

– Kiitos... Riina sai nyyhkäistyä puhelimeen.
– Tuota...
Monika kuuli varmasti, että Riinalla oli itku kurkussa. – Tarvitsetko jotain? Etkö ollut poissa viikonlopun? Oletko ehtinyt käydä edes kaupassa? Flunssassa pitää juoda paljon... eikö niin ole tapana sanoa?
– On minulla kaikki mitä tarvitsen... valehteli Riina, koska ei halunnut vaivata Monikaa yhtään enempää. Hän pyytäisi Miia tuomaan jotain. Miia ja Matti toisivat muistiinpanot huomenna tai ylihuomenna. Pitää vaan muistaa soittaa ja pyytää. Hanasta tuli vettä, ja kaapissa oli kaurahiutaleita. Eipä tässä ole edes nälkä, tuumi Riina itsekseen.
– Selvä, Monika sanoi mutta kuulosti epäilevältä. – Mutta soittele, jos tuntuu että voin jotenkin auttaa.
Riina haki kaapista lisää peittoja ja meni nukkumaan.

Riina havahtui, kun hänen ovikellonsa soi. Hän ei tiennyt oliko päivä vai yö. Päätä särki, ja heikotti. Seinäkello näytti vähän yli puoltapäivää. Hän oli nukkunut siis muutaman tunnin.
Ovikello soi toistamiseen. Kuka siellä voisi olla? Matti ja Miia olivat luennoilla. Kun vierailija ei näyttänyt luovuttavan, Riina kampesi itsensä ylös sängystä ja meni ovelle.
Häntä heikotti, ja hän joutui ottamaan tukea seinästä, ettei olisi kaatunut. Olikohan kuume noussut? Näin sairas Riina ei ole ollut pitkään aikaan. Jos oven takana olisi Jehovan todistajia, saisivat uskonkaup-

piaat kyytiä ja pari kirosanaa niskaansa, Riina ei ollut nyt juttutuulella.

Oven takana seisoi Vili. Riinan kasvot sulivat hymyyn. Ehkä hän näki hallusinaatioita kuumehoureissaan. Vili näytti yhtä ihanalta kuin ensi kerran tavatessa. Ehkä tämä näytti jopa komeammalta, jotenkin isommalta ja aikuisemmalta.

– Hei. Anteeksi, että tällä tavalla tuppaan ovelle. Kuulin, että olet kipeä.

– Ei se mitään, Riina niiskaisi ja yritti sukia sekaisia hiuksiaan ojennukseen.

Mistä Vili tiesi tulla hänen pelastajakseen juuri hädän hetkellä? Riinan kuumeisissa aivoissa ei syttynyt yhtään selkeää ajatusta.

– Toin vähän evästä. Sopiiko tulla sisään? Vili kysyi, kun Riina vain seisoi oviaukossa tuijottamassa.

– Tietenkin, ole hyvä.

He menivät keittiöön. Riina lysähti tuolille.

– Mene vain vuoteeseen, laitan ruuat jääkaappiin ja tuon sinulle kohta juotavaa.

Voiko tämä olla totta? mietti Riina kömpiessään peiton alle. Näin ne unelmat käyvät toteen, silloin kun vähiten odottaa.

Vili tuli keittiöstä mehukannun kanssa. Hän pani juoman yöpöydälle. Lautasella oli myös valikoima hedelmiä.

– Tästä sitten otat kun jaksat, Vili sanoi.

– Juu... Riina myönteli säyseänä kuin lammas.

– Tuota... Menen tänään tekemään vuorosi Green Futuren toimistoon. Olisiko sinulla jotain neuvoja tai

huomioitavaa? Sain jo avaimet Monikalta.
Monika. Niinpä tietenkin. Hänen pomonsa oli pannut Vilin asialle. Jostain syystä hän oli antanut itsensä kuvitella, että mies oli täällä hänen takiaan.
– Eipä siellä ole kummempia, Riina huokaisi pettyneenä.
Silti hän oli iloinen, että Vili oli tullut, oli syy mikä tahansa. – Ihmiset ovat hyvin herttaisia, erästä poikkeusta lukuun ottamatta. Siellä on yksi Niklas. Hän saattaa olla ikävä ihminen, ainakin on ollut minua kohtaan.
– Ai miten?
Riina mietti, viitsisikö kertoa vihjailuista ja flirttailusta. Se kuulostaisi vähän siltä kuin hän luulisi olevansa niin kaunis ja hemaiseva, ettei joku Niklas pystynyt vastustamaan häntä. Tuskin Niklas Vilin kimppuun kävisi. Vai mistäpä sen tietää, tuumi Riina huvittuneena.
– No sanotaan vaikka niin, että kyseisellä herralla on hieman vähättelevä asenne siivoojia kohtaan eikä hän todellakaan peittele sitä.
– Mutta sinähän olet viittä vaille valmis diplomi-insinööri, huudahti Vili.
Riina vilkaisi Viliä, ja saman tien Vili punehtui ja selitti: – Niin... Siis näin olen kuullut Monikalta, että opintosi ovat loppusuoralla ja siirryt pian muihin tehtäviin. Anteeksi. Ei ollut tarkoitus juoruta.
Tällä kertaa juoruaminen tuntui Riinasta pelkästään hyvältä. Monika selvästi välitti hänestä, kun jaksoi miettiä hänen tulevaisuuttaan vapaa-ajallaankin.

Vieläpä pohtia sitä poikaystävänsä kanssa.
– Näin on. Pitäisi ruveta etsimään töitä omalta alalta, niin kivaa kun siivoaminen onkin, Riina naurahti. – Varmasti pärjäät Green Futuren porukoiden kanssa. Soittele, jos tulee ongelmia.
Vili lähti, ja Riina kääriytyi peittojen alle. Joka paikkaa särki. Hän otti pari Buranaa, ehkä se laskisi kuumetta. Pian hän nukahti levottomaan uneen.

Riina heräsi yltä päältä hikisenä sängystään. Olo tuntui kuitenkin paremmalta. Lääke oli luultavasti laskenut kuumeen. Riina kaatoi mehua lasiin ja joi sen. Hän riisui märät vaatteet ja vaihtoi lakanan. Lautasella oli viinirypäleitä ja mandariineja. Riina tunsi itsensä nälkäiseksi. Hän istui sängyllä syömässä hedelmiä ja juomassa mehua. Vili toi nämä minulle, Riina ajatteli ja hymyili itsekseen.
Hän otti pöydältä puhelimensa. Yksi puhelu tullut. Riina ei tuntenut numeroa. Hän soitti numeroon, se saattoi olla jotain tärkeää. Seinäkello näytti olevan kohta kuusi, vielä siis voi soittaa, ellei kyseessä ollut jokin yritys tai virasto.
– Hei Riina, Vili puhelimessa, kuuli Riina vastattavan.
– Ai hei. Nukuin, en kuullut kun puhelin oli soinut.
– Niin arvelinkin. Mietin pitäisikö soittaa ollenkaan, kun olet siellä kovin sairaana, mutta olin hiukan huolissani ja halusin kuulla kuinka voit.
Lämmin läikähdys kulki Riinan lävitse. "Huolissaan"? Vili oli huolissaan hänestä, joten hänen täytyi

välittää Riinasta edes vähän. Se riitti Riinalle tässä vaiheessa.

– Oliko sinulla jotain ongelmia töissä? Riina kysyi ja oli kieltämättä utelias kuulemaan, kuinka Vilillä oli mennyt keikka Green Futurella. Varsinkin jos Niklas oli ollut paikalla.

– No tuota...Vili yskäisi. – Toimiston leidit olivat hyvin ystävällisiä. Jaana auttoi löytämään tavarat ja esitteli tilat. Oikein mukavaa.

Riina saattoi hyvin kuvitella. Komea nuori mies sai varmasti kaiken avun minkä tarvitsi. Varmasti henkilökunta täälläkin oli ällikällä lyöty, kun siivoojaksi ilmoittautui nuori mies.

– Mutta mainitsemasi Niklas... Hänen kanssaan ei sujunut aivan yhtä hyvin.

– Haluatko kertoa? kysyi Riina ja suorastaan paloi halusta kuulla kaikki yksityiskohdatkin.

– Oletko varma että jaksat?

– Kyllä, minulla on hyvä olo, otin pari Buranaa, ja kuume on laskenut. Kerro vain, se varmasti piristää minua.

– Enpä tiedä, kyseinen heppu taitaa olla aika masentava tapaus. No, hänen huoneensa ovi oli kiinni. En tiennyt, onko hän siellä sisällä vai ei.

– Hänen huoneensa ovi on aina kiinni, Riina heitti väliin.

– Koputin oveen. Kukaan ei vastannut. Koputin uudelleen, ja kun mitään ei kuulunut, avasin oven. Tämä heppu Niklas seisoi keskellä huonetta ja tuijotti minua. Sitten hän huusi: "Mikä helvetin tyyppi sinä olet? Missä Riina on?" Minä siinä sitten ryhdyin esittelemään itseni ja kerroin, että tulin siivoamaan huoneen, jos sopii. Siitäpä tämä herra näytti saavan erityisesti hupia. "Siivooja? Miessiivooja? Et voi olla tosissasi? Etkö sinä raukka parka ole löytänyt mitään kunnon töitä kun pitää ruveta akkojen hommiin?"

– Aivan, Riina sanoi ja saattoi kuvitella minkälaisen ryöpyn Vili oli saanut niskaansa.

– Minä siinä sitten moppasin ja pyyhin pölyjä, kun tämä Niklas kulki perässäni ja laukoi halventavia kommenttejaan. Ei se minua häirinnyt, huvitti vain. Niklas oli varmasti ollut raivoissaan, kun ei saanut provosoitua Viliä sanaharkkaan kanssaan.

– Eniten kuitenkin Niklasta näytti kiinnostavan, koska sinä tulet takaisin ja miksi et ole töissä. Onkohan mies hiukan ihastunut sinuun?

Riina puistatti eikä se johtunut kuumeesta. Olihan hän huomannut Niklaksen jonkinasteisen kiinnostuksen, mutta tunne ei todellakaan ollut molemminpuolinen. Niklas oli sovinisti, se oli päivänselvää. Kenties mies sai jonkinlaista tyydytystä simputtaessaan mielestään alempia, kuten siivoojaa.

– Huh, ei kai sentään... Ei missään tapauksessa, Riina ehätti sanomaan.

Toivottavasti Vili ei vain luulisi, että hänellä oli minkäänlaisia tunteita Niklasta kohtaan.

– Menen sinne vielä loppuviikosta. Katsotaan sitten, millaisen vastaanoton saan, nauroi Vili.

– Kiitos sinulle, Riina sanoi ja sulki puhelimen.

Koska Riinalla oli kuumetta vielä seuraavanakin päivänä, hänen piti turvautua järeisiin keinoihin. Hän kaivoi piironginlaatikosta korurasian ja ripusti safiirikorun kaulaansa. Miten koru voikin näyttää niin ihanalta punaisten silmien ja vuotavan nenänkin kanssa! Olo alkoi tuntua heti paremmalta. Ei epäilystäkään, korun taikavoimat työskentelivät parantaakseen hänet. Riina hymyili peilikuvalleen.

Seuraavana päivänä kuume oli poissa. Koska Vili lupasi hoitaa hänen keikkansa, hänellä oli aikaa keskittyä lopputyöhön. Kuukauden päästä hänellä olisi paperit kädessään. Pitäisikö järjestää jonkinlaiset valmistujaiset? Pieni juhlatilaisuus oli vietetty jo silloin, kun Riina sai insinöörin paperit. Riina ei ollut juhlijatyyppiä. Keskipisteenä olo oli hänelle aina hiukan kiusallista.

Juhlia tärkeämpää oli nyt keskittyä työnhakuun. Riina päätti vilkaista huvikseen, minkälaisia töitä oli tarjolla. Ympäristöinsinööri, energia-asiantuntija... Työ saisi olla vaikka toisella paikkakunnallakin. Mikäpä Riinaa pidätteli pysymään täällä? Asunnon voisi myydä tai vuokrata. Yksi ilmoitus pisti kuitenkin silmään ja herätti mielenkiinnon. Green Future haki projektinjohtajaa. – Yhteydenotot Rauno Heikkinen... Riina tunsi Heikkisen ja piti miehestä. Tämä oli reilu ja hyväntuulinen, silti ehdoton ammattimies ja arvostettu huippu alallaan. Häneltä Riina voisi oppia todella paljon. Ilmoitus oli houkutteleva. Asi-

assa oli kuitenkin yksi "mutta". Niklas.
Luultavasti Niklas hakisi samaa paikkaa. Niklaksella oli enemmän työkokemusta kuin hänellä ja todennäköistä oli, että mies valittaisiin tehtävään. Niklaksen alaiseksi Riina taas ei halunnut.
– Härkää sarvista... Riina mutisi itsekseen ja soitti Rauno Heikkisen numeroon.
Jännittäminen oli ollut turhaa. Rauno muisti Riinan heti ja jutteli leppoisasti.
– Ilman muuta haet paikkaa, Rauno sanoi. – Olet varteenotettava kandidaatti. Lisäksi olet jo entuudestaan tuttu, joten tunnemme hyvän työmoraalisi.
– Kiitos
Riinaa punastuttivat miehen ystävälliset sanat.
– Meille on tullut muutamia hakemuksia. Myös talon sisällä on haku päällä. Projekti alkaa viimeistään syksyllä, joten sinulla on hyvin aikaa valmistua ja hakea meille töihin. Olisi mukavaa saada sinut joukkoomme.
Riina teki päätöksen hakea paikkaa. Siitäkin huolimatta, että saisi kilpailla siitä Niklaksen kanssa.
– Paras voittakoon, kannusti Riina itseään.
Olisi lähetettävä myös muita hakemuksia. Kilpailu alalla oli kovaa, varsinkin parhaista paikoista. Riina halusi päästä työhön, jossa voisi kehittyä ja tehdä hyvää. Green Futuren projektissa se olisi mahdollista. Riina ryhtyi laatimaan hakemusta.

Seuraavana maanantaina Riinaa jännitti, kun hän avasi Green Futuren oven. Mahtaisiko hän saada kommentteja poissaolostaan ja "oudosta" sijaisestaan?

Hän päätti tehdä työt jo aamupäivällä, jotta saisi iltapäivän vapaaksi. Hän oli päättänyt ottaa loppukirin opiskeluissaan.

Jaana seisoi tiskin takana ja ilahtui nähdessään Riinan. – Hei, olet parantunut?

He vaihtoivat pari sanaa, eikä Riina yllättynyt lainkaan, kun puheenaihe aika nopeasti siirtyi Viliin.

– Mikä valloittava sijainen sinulla olikaan, Jaana nauroi. – Me toimiston naiset olimme aivan myytyjä.

– Varmasti. Vili on mukava tyyppi.

– Vai mukava... Mukava on liian lievä ilmaus. Hänhän oli varsinainen herrasmies, eikä ulkonäkökään ollut mikään hullumpi. Tunnetko tämän Vilin hyvinkin?

– En, vain työkaverina.

Toivottavasti Jaana ei huomaisi, että Riina kyllä halusi tuntea Vilin paremminkin kuin työkaverina, se vain ei ollut mahdollista.

– No sitten tartut toimeen ja teet asialle jotain, Jaana kiusoitteli.

– Luulenpa, että hän on varattu.

– Voi harmi. Mutta enpä ihmettele. Eiköhän noin upealla miehellä juokse naisia perässä vaivaksi asti. Ja on kyllä ihmeellistä, miten tuommoinen persoona on saatu houkuteltua siivousalalle, Jaana sanoi.

Riina huomasi Jaanan huomaavan heti, mitä tuli sanottua ja nolostuvan lipsahduksestaan. – Anteeksi, en siis tarkoittanut millään pahalla. Eihän siivoami-

sessa ole mitään pahaa.
Onneksi Jaana huomasi, että oli parempi sulkea suunsa ennen kuin tuli sanottua jotain vielä pahempaa.
– Tunnustan, että itsekin ihmettelin sitä. Saattaa olla niin, että Vilillä syyt ovat henkilökohtaiset.
Sen enempää hän ei kertoisi Vilin ja Monikan suhteesta. Ei se kuulunut näille, kuten ei kuulunut hänellekään. Eikä hän halunnut levitellä juoruja. Nuori mies, hiukan vanhempi nainen... Siitä saisi aikaan meheviä juttuja. Tosin Vili oli niin herttainen, ettei kukaan uskoisi häntä onnenonkijaksi tai Auervaaraksi. Ei myöskään Riina uskonut. Siinä täytyi olla kysymys oikeasta, syvästä rakkaudesta.

Niklas oli huoneessaan, kun hän koputti oveen.
– Vai niin, olet palannut töihin. Mikä sairaus kestää kokonaisen viikon?
Riina ei vastannut vaan yritti tehdä työnsä rivakasti, jotta pääsisi pian pois. Niklaksen puhelin alkoi soida, mutta tämä ei vastannut siihen.
– Olipa, kuule, todella törppö sijainen sinulla. Kuka mies viitsii alkaa naisten hommiin. Kas kun ei ollut essu päällä tai peräti hame mokomalla nulikalla, Niklas hohotteli. – Ei ole mies eikä mikään se, joka ei saa naisiaan tekemään naisten töitä.
Puhelin soi sinnikkäästi pöydällä, mutta Niklas ei ollut kuulevinaan.
– En ole koskaan nähnyt, että mies olisi siivoojana, Niklas melkein sylkäisi suustaan, eikä jäänyt epäsel-

väksi, mikä määrä halveksuntaa lauseeseen sisältyi.
Samassa Niklaksen huoneen ovi avautui ja ovella
seisoi Rauno Heikkinen.
– Mitä ihmettä sinä teet vielä täällä? Sinua on odotettu koko aamu työmaalla. Ja miksi et vastaa puhelimeen? Yritin soittaa monta kertaa.
Kerrankin Niklas näytti nolostuvan. Riina ei ollut koskaan nähnyt leppoisaa Raunoa vihaisena, nyt mies oli todella ärtynyt.
– Ai hei, Riina, Rauno sanoi ystävällisesti. – Sinä se jaksat ahkeroida, hyvä! Me tapaamme sitten keväämmällä, eikö niin?
Niklas katsoi terävästi sekä Riinaa että Raunoa. Miestä selvästi ärsytti, että Riina oli nähnyt, miten häntä komennettiin. Lisäksi Raunon arvoituksellinen heitto tapaamisesta keväällä askarrutti, mutta luultavasti itsekeskeinen tyyppi arveli kyse olevan siivoussopimuksista.
Niklas poistui huoneesta sanaakaan sanomatta, ja Riina sai huokaista helpotuksesta. Jos miehen olisi pitänyt olla työmaalla heti aamusta, tämä oli luultavasti jäänyt odottamaan Riinaa? Ei kai sentään.
Riina lopetteli hommat, joi kahvikupillisen Jaanan kanssa ja lähti kotiin.
Matkalla hän mietti, että liittyisi aivan mielellään Green Futuren henkilökuntaan, muussakin kuin siivoojan ominaisuudessa.

Riina oli sopinut äidin ja isänsä kanssa, että mitään varsinaisia valmistujaisia ei pidettäisi. Vanhemmat tulisivat Riinan luo, ja he järjestäisivät pienen kahvitilaisuuden ystäville. Samalla toteutettaisiin sovittu teatteri-ilta. Riina odotti tapaamista jo kovasti. Hän huomasi toivovansa, että vanhemmat asuisivat lähempänä. Hän oli yhtäkkiä alkanut kaivata heitä. Toki hän itse voisi muuttaa lähemmäksi kotiaan, varsinkin nyt kun valmistuisi. Missään nimessä hän ei voisi vaatia, että isä ja äiti muuttaisivat pois kotoaan. He olivat asuneet talossa koko aikuisikänsä, yli 40 vuotta.

Aika näyttää, mihin ratkaisuun päädytään, tuumi Riina haikeana.

Ajatus keskeytyi, kun Riinan puhelin soi. Monika? Hänellä oli Green Futurella työvuoroja enää muutama. Sen jälkeen Riina ei ollut lupautunut ottamaan siivouskeikkoja vastaan. Jos Monika nyt pyysi jotain, Riina tuskin raaskisi kieltäytyä, koska halusi auttaa Monikaa, tietenkin.

– Hei Riina, kuinka voit?

Monikan ääni sai Riinan hyvälle tuulelle. Tuntui, että tämä nainen ei ollut koskaan pahalla tuulella.

– Kiitos, hyvin nyt taas, kun sairaudesta selvisin.

– Sinulla on pian viimeiset työvuorot menossa, Monika sanoi. – Onko sinulla kiireitä opintojen kanssa?

No niin, sieltä se tuli. Monikalla oli varmasti jokin keikka hänelle. Kannattaisiko valehdella, että hän oli aivan uupunut ja kiireinen lopputyönsä kanssa? Tosiasiassa hän oli tehnyt kaiken. Muutama pakollinen käynti yliopistolla, ja se oli siinä. Hän oli periaat-

teessa jo valmis diplomi-insinööri.
– Ei ole, kaikki on jo valmista, Riina sanoi.
Hän ei osannut valehdella. Ja miksi olisikaan valehdellut? Mikäli muita töitä ei löytyisikään, siivouskeikat olivat tervetulleita. Ei hän ylenkatsonut niitä.
– Sepä hienoa kuulla. Onko sinulla vapaata ensi perjantaina? Illalla?
Monika ei näköjään tiennyt, että hänellä oli lähes kaikki illat vapaata. Pitäisi varmaan käydä enemmän käydä, tavata ihmisiä.
– On vapaata. Mihin pitää mennä? Onko se tuttu paikka, jokin vanha kohde? Mistä saan avaimet?
– Ei, ei, käsitit nyt väärin, Monika nauroi, – en minä sinua pyydä töihin. Ajattelin jos haluaisit tulla kanssani syömään? Juhlittaisiin hyvää yhteistyötämme ja sinun valmistumistasi. Minä tarjoan. Ikään kuin läksiäislahjaksi hyvälle työntekijälle – ja rohkenen sanoa: ystävälle.
Riina yllättyi kutsusta. Tätä hän ei ollut osannut odottaa. Toisaalta, miksipä ei. Hänen seuraelämänsä oli kutistunut niin olemattomiin, että päivällinen pomon kanssa toisi siihen edes hieman eloa.
– Kiitos, tule mielelläni. Kuulostaa ihanalta.
– Tuota, jos sinulle vain sopii, ottaisin mukaan miesystäväni. Haluaisin esitellä hänet. Mutta vain jos se on ok sinulle.
Monikan ääni kuulosti melkein hätääntyneeltä.
Vai niin. Tämäkin vielä. Riina oli jo ehtinyt lupautua, joten kieltäytyminen tässä vaiheessa olisi herättänyt kysymyksiä. Illanistujaiset Vilin seurassa eivät

houkutelleet, varsinkin kun pitäisi seurata nuoren parin onnea vierestä.
Hammasta purren Riina sai kuitenkin sanottua: – Tietenkin on ok. Mukava nähdä miesystäväsi.
Monika kikatti, hän oli aivan rakastunut, siitä ei ollut epäilystäkään.

5

Tervetuloa illalliselle

Perjantaina Riinaa alkoi jännittää. Mahanpohjassa kutitti, hän tunsi melkeinpä pahoinvointia ajatellessaan tulevaa iltaa. Kuinka hän selviäisi? Vaikka hän kuinka tsemppasi itseään, hän ei osannut iloita Vilin ja Monikan onnesta. Hän oli kateellinen, surullinen ja onneton.
No, hän söisi nopeasti, kiittäisi ja lähtisi nopeasti kotiin. Aina voisi vedota huonoon oloon tai yllättäen tulleeseen sovittuun tapaamiseen muualla.
Riina pukeutui parhaimpiinsa. Samapa tuo, vaikka unelmavävy olikin jo varattu. Eihän sitä koskaan tiedä, mitä ilta toisi tullessaan. Oli hänenkin jo aika tavata joku erityinen.
Tänään oli onnensafiirin vuoro tehdä taikojaan. Nyt jos koskaan oli aika sonnustautua parhaimpiinsa. Rakas riipus kaulassa illasta tulisi varmasti täydellinen. Vilistä huolimatta.

Riina käveli ravintolaan. Ilta oli kaunis ja lämmin. Hän hengitteli syvään, jotta jännitys edes vähän helpottaisi. Turha toivo. Joka askel oli raskaampi. Hän jopa mietti, kääntyisikö kannoillaan ja menisi kotiin. Monikalle voisi soittaa ja sanoa, että nousi äkillinen kuume tai iski vatsaflunssa.
Riina ei kuitenkaan pelännyt haasteita, ei töissä eikä vapaa-ajalla. Hän päätti selvitä illasta.

Astuessaan sisään ravintolaan Riina näki jo kaukaa Vilin. Vili istui syrjäisessä pöydässä yksin. Riinan nähdessään tämä nousi seisomaan ja viittilöi hänen suuntaansa hymyillen leveästi.
Nyt oli myöhäistä perääntyä.
Riina asteli pöytään teeskennellen reippautta, vaikka polvet olivat aivan hyytelöä.
– Hei, Vili sanoi ja auttoi hänet istumaan. – Kiva kun tulit. Näytät tosi hyvältä, siis kauniilta. Ja ohhoh mikä koru!
Herrasmies mikä herrasmies, Riina ajatteli, mutta Vilin sanat hivelivät. Olisipa Vili ollut moukka ja epämiellyttävä, niin tämä kaikki olisi helpompi kestää.
– Monika tulee aivan kohta, hän on vähän myöhässä. Kai hän muisti kertoa, että hän ottaa miesystävänsä mukaan? Hän on ollut niin rakkaudesta sekaisin, etten ihmettele, vaikka hän olisi unohtanut, Vili naurahti.
– Olisiko niin, että kun nainen pitkästä aikaa löytää kumppanin, muut asiat tuppaavat hiukan jäämään

kaiken sen varjoon? Vili rupatteli. – Monika on ollut pitkään yksin. Kai sitä itse kukin kaipaa rinnalleen jonkun...

Riina kuunteli Vilin lörpöttelyä. Hyvin outoa, että mies puhui noin avoimesti heidän suhteestaan. Jos Vili olisi joku muu, kommentit olisivat kuulostaneet Riinan korvissa melkeinpä loukkaavilta. Tuskin niitä oli tarkoitettu sellaisiksi. Vili rakasti Monikaa ja Monika Viliä, se oli päivänselvää. Lämpimän suhteen aisti, vaikka sanat oli muotoiltu hieman kömpelösti.

– Olen kyllä huomannut, että Monika on nykyään hyvin onnellinen, Riina sanoi hiljaa.

Hän selasi ruokalistaa hajamielisenä. Tästä tulisi pitkä ilta. Olisi tuskaa katsella onnellista paria, varsinkin kun tunsi lämpimiä ajatuksia parisuhteen toista osapuolta kohtaan.

– Tuoltahan Monika tuleekin. Hei, tule tänne!

Vili heilutti taas kättään.

Monika näytti kauniilta. Hän oli hyvin viehättävä. Hymy levisi hänen kasvoilleen, kun hän istui pöytään.

– Ihana, että tulit, Riina. Näytät upealta. Onpa kaunis koru. Arvaan, että sinulla olisi muutakin tekemistä illalla kuin istua työnantajasi kanssa illallisella.

Itse asiassa Riinalla ei ollut mitään muuta tekemistä, mutta silti hän olisi tällä hetkellä ollut missä tahansa muualla kuin tässä.

– Ei kai sinua haittaa, että pyysin Vilin mukaan? Monika sanoi. – Hän intti inttämistään, kun kuuli,

että pyydän sinut syömään. Pakkohan se sitten oli
suostua. Ja tehän olette tavanneet jo muutaman kerran aiemmin ja tulitte toimeen ihan hyvin... Niin
kuulin, Monika sanoi arvoituksellisesti.
Vili kiemurteli tuolissaan. Hän näytti nololta.
Riinasta Monikan tunnustus kuulosti oudolta. Miksi
hän otti miesystävänsä mukaan, jos tämä oli vähimmässäkään määrin kiinnostunut toisesta naisesta? Ja
siinä molemmat vain hykertelivät ja naureskelivat?
Ei kai pariskunta halunnut häntä johonkin epämääräiseen "kimppaan" mukaan? Jos asia oli näin, Riina
nousisi pöydästä saman tien ja lähtisi kotiin. Monika
oli todellakin tulkinnut väärin Riinan persoonaa, jos
kuvitteli tämän ryhtyvän johonkin orgioihin. Mitä
enemmän Riina ajatteli asiaa, sitä vihaisemmaksi
hän tuli. Hän oli juuri nousemassa pöydästä, kun
Monika osoitti oven suuntaan ja huudahti: – Tänne,
Pekka, tänne!
Ovella seisoi pitkä, tumma mies. Ohimoilla oli vähän harmaata, mutta se teki miehestä vain charmikkaamman. Mies käveli heidän pöytäänsä. Monika
nousi ylös ja antoi miehelle suukon ja halauksen.
Riina oli aivan pyörryksissä. Monika suutelee vierasta miestä, vaikka Vili istuu samassa pöydässä?
Eikä Vili näytä olevan moksiskaan? Kaikenlaista
sitä paljastuu, sitä luulee tuntevansa toisen, ja äkkiä
huomaa, ettei tunne ollenkaan.
– Riina, tässä on Pekka, erittäin hyvä ystäväni.
Siitä ei ollut epäilystäkään, niin lämpimästi nämä
kaksi suhtautuivat toisiinsa. He olivat selvästi rakas-

tuneita.

Pekka tervehti Viliä, kuin vanhaa tuttua. He olivat varmasti tavanneet ennenkin. Monika esitteli Riinan ystävänään ja sanoi heidän juhlivan sekä Riinan valmistumista että läksiäisiä.

– Vili suorastaan vaati tulla mukaan juhlimaan Riinan kanssa, Monika sanoi kiusoitellen.

– Vai niin, Pekka sanoi. – Isosiskot ovat välillä innokkaita puuttumaan pikkuveljien rakkauselämään, onko tässä siitä kyse?

– Höpsis, Monika nauroi. – Vaikka kyllä Riina minulle kelpaa, ei sen puoleen.

Riina olisi varmaan tippunut tuolilta, ellei siinä olisi ollut käsinojia. "Isosiskot"? Oliko Monika Vilin sisko? Riinan päässä suhisivat ajatukset sinne tänne. Hän yhdisteli asioita, ja äkkiä palaset alkoivat loksahdella kohdilleen. Tietenkin! Siksi Vili teki Monikan keikkoja, siksi Vili osasi siivoushommat, todennäköisesti poika oli joutunut työskentelemään sisarensa firmassa. Ja ravintolasta hakeminenkin sai selityksen. Monika oli Vilin sisar! Tämä tieto täytti Riinan suurella riemulla. Hän olisi voinut nousta hyppimään ilosta ja kapsahtaa Vilin kaulaan. Silti hän istui paikoillaan kuin patsas. Asia vaati lisää sulattelua.

– Riina, oletko kunnossa? Monika kysyi. – Olet kovin hiljainen?

Riina kiitti luojaansa, ettei ollut ehtinyt laukoa mitään ajatuksiaan kolmen kimpasta ääneen. Se vasta olisi ollut kiusallista ja noloa. Kuinka hän voikin

hahmottaa asiat näin pieleen!
– Olen... Olen kunnossa.
Kaikki kolme tuijottivat Riinaa.
– Tuota... En tiennyt, että Monika on Vilin sisko. Yllätyin kovin.
– Mitä sinä sitten luulit? Että olin saanut houkuteltua nuoren miehen firmaan töihin siivoamaan? No, ei kai sekään nyt ihan mahdotonta olisi... Monika sanoi.
– Niin. Juuri niin minä luulin, Riina sanoi nopeasti. Hän ei ikinä tunnustaisi eikä kertoisi kenellekään, että oli epäillyt Monikaa ja Viliä pariksi. Ei koskaan.
– Totuus kuitenkin on se, että olen tarvinnut Vilin apua paljonkin, varsinkin alkuaikoina, kun perustin yrityksen. Kiltti poika tietysti auttoi, vaikka siivoustyö ei ole kovin hohdokasta nuorten miesten, saati teinipoikien keskuudessa.
– Eihän tuossa mitään kummallista ole, Vili sanoi vaatimattomasti. – Ihan mukavaa työtä. Kouluaikoina sain mukavasti palkkaakin.
– Nyt kun olen myymässä firmaa, Monika vilkaisi Pekkaa ja hymyili, – Vilikin pääsee eroon siivousalasta ja voi keskittyä omaan uraansa.
Omaan uraansa? Riina oli utelias kuulemaan, mikä se mahtoi olla. Vilin olemuksesta ei saanut vinkkejä, mille alalle tämä oli suuntautunut. Tuskin mitään fyysistä, kuten talonrakennus tai putkimies? Myöskään mikään teoreettinen tutkija tai konttoristi ei sopinut miehen persoonaan. Ehkä mies oli ammatiltaan malli ja teki uraa mallimarkkinoilla tähtäimes-

sään kansainvälinen ura. Ajatus masensi Riinaa. Kansainvälinen malli tuskin edes vilkaisisi häneen. Kun ympärillä liehuisi kauniita naisia pilvin pimein, suomalainen insinööri ei varmasti herätä kiinnostusta.

– Meillä kaikilla on edessä suuria muutoksia, Monika sanoi. – Kun myyn firmani Pekalle, minulle jää paljon aikaa tehdä mitä haluan. Mitähän se mahtaa vain olla?

Monika kosketti Pekan kasvoja ja näytti niin onnelliselta, että Riinaa melkein sattui. Olisipa hänkin joskus yhtä rakastunut.

– Ai Pekka ostaa yrityksesi? Riinalta lipsahti.

Hän ei halunnut kuulostaa uteliaalta, mutta Monika ei näyttänyt pahastuvan.

– Kyllä. Pekka on hiukan suuremman siivousalan yrityksen johtaja.

Ilmeisesti kyse oli enemmän kuin "hiukan suuremmasta" Monikan ilmeestä päätellen. Ihan pienellä rahalla Monika ei elämäntyöstään luopuisi. Ehkä aika oli kypsä. Monikalla oli vielä vuosikymmeniä aikaa nauttia loppuelämästään, kenties hankkia vaikka uusi ura, kuka tietää.

Riina tunsi pienen kateuden pistoksen. Kunpa hänelläkin kävisi yhtä hyvä tuuri elämässään.

He nauttivat aterian lopuksi vielä ihanat jälkiruoat, kahvia ja suklaakakkua. Viini ja konjakki lämmittivät mukavasti, ja kaikilla oli ollut mukava ilta. Pekka oli hauskaa seuraa, ja Riina ei muistanut, koska

olisi nauranut yhtä paljon kuin tänä iltana. Hänestä oli ihanaa istua Vilin vieressä, siinä oli turvallista mutta silti jännittävää.
– No niin lapset. Vanhukset lähtevät tästä nukkumaan, Monika vitsaili ja tarttui Pekan käteen.
Pekan ilme kertoi, että häntä ainakaan ei nukuttanut vielä ollenkaan, mutta hän ymmärsi yskän. Kuinka suloista, ajatteli Riina. Aivan ihana pari.

He poistuivat ravintolasta. Monika ja Pekka hyvästelivät ja lähtivät kävelemään käsi kädessä taksitolppaa kohti. Riina ja Vili katsoivat heidän peräänsä ja seisoivat hiljaa toisiaan vilkuillen. Kumpikaan ei näyttänyt tietävän, mitä pitäisi sanoa. Silti kumpikaan ei halunnut lähteä vielä kotiinkaan.
– Mennäänkö lasilliselle? Vili sanoi. – Vai onko sinulla kiire kotiin?
– Ei ole kiire, mennään vain.
Onneksi Vili oli pyytänyt häntä mukaansa. Pettymys olisi ollut suuri, jos ilta olisi jäänyt tähän.

Koska kaupungissa oli vain yksi suosittu yöravintola, he menivät sinne. Paikka oli jo aika täynnä väkeä. Baaritiskillä ei ollut tilaa, mutta syrjäisestä loosista vapautui pari paikkaa ja he asettuivat istumaan. Vili haki herrasmiehen tavoin heille juomat.
– Oliko sinulle yllätys, että Monika myy firmansa? Vili kysyi.
– Kieltämättä hiukan. Monika on niin täynnä tarmoa, että en usko, että hän jää lepäämään laakereilleen.

Jotain tekemistä hän keksii, en epäile.
- Entä Pekka? Mitä mieltä olet hänestä?
Sopisiko hänen sanoa, että Pekka oli komea ja puoleensavetävä? Halusiko poika kuulla sellaista sisarensa poikaystävästä?
- Pekka tuntui oikein reilulta kaverilta, selvästikin he ovat kovin rakastuneita toisiinsa. Tiedätkö, missä he tapasivat?
- Pekka tuli esittämään firmasta myyntitarjouksen. He tapasivat muutamia kertoja, ja siitä se kaiketi lähti, Vili sanoi. - Minustakin Pekka on hyvä mies. Eikä hänellä ainakaan ole taloudellisia ongelmia... jos tiedät, mitä tarkoitan. Mies on aikamoinen kroisos.
- Vai niin, Riina ihmetteli. - Ei se näy päällepäin. Hän tuntuu hyvin vaatimattomalta ja mukavalta.
- Niin hän onkin. Eipä arvaisi, mitä kaikkea omaisuutta hänellä on, autoja, taloja, veneitä...
- Ei se varmaan haittaa, Riina sanoi, ja heitä nauratti.
Riina olisi halunnut kysellä Vililtä kaikenlaista hänen elämästään, mutta ei uskaltanut. Hänestä tuntui, että liioilla kysymyksillään hän pelottaisi miehen etäämmälle. Niinpä he juttelivat kouluajoistaan, tv-ohjelmista ja elokuvista. Heillä oli hauskaa, ja he viihtyivät mainiosti toistensa seurassa. Vili haki lisää juotavaa, eikä kumpikaan halunnut lähteä kotiin.
- Ei mutta kukas se täällä istuu?
Riina kääntyi ja näki Niklaksen nojailevan pöytään. Vili oli vessassa, eikä Riina-parka päässyt karkuun

mihinkään suuntaan.
Melko outoa, että perheellinen mies notkui ravintolassa joka viikonloppu, Riina mietti. Jos hänellä olisi samanlainen täydellinen perhe kuin Niklaksella, ei hänen tarvitsisi baarissa käydä.
– Onko tyttö ihan yksin? Niklas uteli ja tunki itsensä istumaan Riinan viereen.
– En ole. Kaverini tulee ihan pian, Riina sanoi.
– Niin varmaan...
Niklas ilmeisesti oletti, että Riina valehteli. – No mutta siihen asti minä voin pitää sinulle seuraa.
Mies oli taas kovassa humalassa, Riina näki sen heti. Kömpelösti Niklas yritti kietoaa kättään Riinan ympärille, ja Riina vetäytyi kauemmaksi.
– Hei, äläs nyt karkaa... aikuisiahan tässä ollaan...
Helpotuksekseen Riina näki Vilin saapuvan kohti pöytää. Hän näki jo kaukaa Niklaksen, ja hänen otsansa rypistyi.
Vili istui paikalleen Riinaa vastapäätä ja sanoi kovalla äänellä:
– Hei kultaseni. Olet näköjään saanut seuraa?
Niklas vetäytyi tuoliinsa ja kohdisti humalaiset silmänsä Viliin. Hän ei ensin näyttänyt tunnistavan Viliä, mutta pian hänen kasvoilleen levisi leveä hymy.
– No jopas jotakin. Eikös se ole siivoojaheppu. Luuttu-Lauri. Imuri-Ilpo...
Niklas hohotteli kovaan ääneen. – Onko teillä menossa työpalaveri? Vertaaletteko erilaisten moppien tehokkuutta? Millä rätillä pöly lähtee parhaiten työ-

pöydän pinnalta? Voi jestas, tyttö, etkö sinä parempaa seuraa löydä kuin tuon esiliinaan pukeutuvan miehenkuvatuksen?

Riina katsoi Viliä. Miehen kärsivällisyys ja itsekuri oli ihailtavaa. Oli aivan kuin sanat eivät olisi loukanneet häntä ollenkaan. Silti puna poskilla paljasti, että loukkaukset eivät jääneet kokonaan vaille huomiota. Onneksi Vili ei ollut tappelevaa tyyppiä, Riina mietti. Vai oliko?

– Jospa siirtyisit nyt muualle, Vili sanoi ja nousi seisomaan.

Hän oli paljon pitempi kuin Niklas. Vaikka vartalo oli hoikka, jäntevä olemus paljasti, että lihaksiakin löytyisi tarvittaessa.

Niklas näytti arvioivan mahdollisuuksiaan. Hän vilkaisi Riinaan ja ilmeisesti totesi, ettei tähän kannattaisi panostaa. Mies nousi tuolista.

– Hyvää illan jatkoa vain teille, puhtaanapitoväelle. Ilman teitä maailma hukkuisi paskaan... Teitä tarvitaan. Onneksi on olemassa monenlaisia ihmisiä, vähälahjaisia vaatimattomiin töihin sekä meitä lahjakkaita ja älykkäitä vaativiin hommiin. Hauskaa loppuelämää, Niklas tiuskaisi ja kaatoi mennessään tuolin.

Riina ja Vili istuivat paikoillaan ja katsoivat toisiaan. Sitten he purskahtivat nauruun.

– Uskomatonta!

– Aivan kauhea ihminen, Riina sanoi. – Harvoin törmää vastaavaan.

Riina kertoi, että aikoi hakea Green Futurelle projek-

tipäälliköksi.
– Mieti, minkä kohtauksen Niklas saa, kun käy ilmi, että haet hänen pomokseen, Vili ilakoi. – Sen haluaisin nähdä. Ja entä jos sinut valitaan. En usko, että tuo mies kestäisi sitä.
– En minäkään kestäisi olla Niklaksen alaisena. Enkä oikeastaan hänen pomonaankaan. Jos minä saan paikan, Niklas luultavasti irtisanoo itsensä. Jos hän saa paikan, minä en suostu hänen alaisekseen.
Riina kertoi, että jos työsuunnitelmat menisivät pieleen, hän hakisi töitä toiselta paikkakunnalta. Vilin kasvoilla häivähti huoli. Tai ehkä Riina kuvitteli, koska alkoi kiintyä tähän mieheen yhä enemmän.

He istuivat baarissa valomerkkiin asti. – Saatan sinut kotiin, Vili sanoi.
Ulkona oli jo viileää, mutta he kävelivät hitaasti. Kumpikaan ei halunnut, että matka loppuisi liian pian. Ovelle päästyään he seisoivat hiljaa tovin. Pitäisikö Riinan kutsua Vili sisään? Toisaalta hän halusi tehdä niin mutta pelkäsi sen olevan liian aikaista. Kaikki voisi mennä pilalle, jos he nyt sekoilisivat humalassa.
Ennen kuin Riina ehti ajatuksissaan pitemmälle, Vili tarttui häneen ja suuteli. Riinasta tuntui, kuin hän olisi saanut ensisuudelmansa. Se oli ihanaa.
– Nähdäänkö huomenna? Voisin hakea sinut puolilta päivin? Käydään vaikka syömässä jossain.
– Se olisi kivaa, Riina sanoi.
Kerrankin hänellä olisi jotain ohjelmaa viikonlopul-

le. Hän halusi tavata Vilin uudelleen. Hän halusi tietää tästä kaiken.
Riina pani korun takaisin lippaaseen. Hän lausui mielessään kiitokset kauniille korulle. Taika ei pettänyt tälläkään kertaa.

6

Pinkkitukka pilaa päivän

Kun Riina avasi seuraavana aamuna silmänsä, hän ei voinut lakata hymyilemästä. Edellinen ilta oli ollut kenties hänen elämänsä paras. Edes teiniaikojen diskoillat eivät ole saaneet häntä yhtä hurmokseen. Ehkä hän oli rakastumassa? Ei kai se voinut olla huono asia?
Riinan mieli oli täynnä odotusta. Hän saisi viettää päivän Vilin kanssa.

Vähän ennen kahtatoista Riinan puhelin soi. Vili.
– Huomenta.
Vilin ääni kuulosti Riinan korvissa ihanalta. – Todella ikävää, mutta en pääse tulemaan tänään. Minulle tuli työkeikka, jota ei voi siirtää.
Pettymys hulmahti Riinan yli. Täällä hän seisoi melkein jo kengät jalassa, odottaen ihanaa päivää. Oliko Monika pannut Vilin taas tuuraamaan johonkin kohteeseen? Onpa tylsää. Sillä hetkellä Riina lähes vihasi Monikaa.

– Anteeksi. Olisin mieluummin sinun kanssasi, mutta nämä tilaisuudet tulevat joskus yllättäen, enkä voi jättää niitä väliin, ymmärrät kai. Monika on varmaan kertonut.
Monika ei ole kertonut yhtään mitään, ei edes sitä, että Vili on hänen veljensä.
– Jos sinua kiinnostaa, voit tulla ensi kerralla mukaan. Tänään en ehdi hakea sinua, olen jo myöhässä. Nähdäänkö huomenna?
Riina mietti, miksi ihmeessä hän haluaisi lähteä mukaan siivouskeikalle. Hän oli nähnyt siivousalan kaikki puolet. Ja todellakin, oliko yhteinen siivoaminen Vilin näkemys romanttisesta päivästä?
– Selvä, huomenna sopii.
Riina melkein toivoi, että olisi voinut keksiä jonkun esteen. Näin Vili olisi luullut, että kyllä hänelläkin oli muutakin elämää kuin odottaa kotona istumassa, milloin miehellä olisi aikaa hänelle. Vaan eihän hänellä ollut muuta kuin opiskelu ja työ, nekin loppusuoralla molemmat.

Päivä oli lämmin, ja aurinko paistoi täydeltä terältä. Sitä ei kannattanut tuhlata sisällä mököttämiseen sen takia, että poikaystävä oli tehnyt oharit. Riina puki ylleen verkkarit ja lenkkarit. Nyt olisi aikaa pitkälle lenkille.
Vähän aikaa käveltyään Riina tuli jo paremmalle tuulelle. He tapaisivat Vilin kanssa huomenna. Luultavasti Vilillä oli jotain yllätyksiä takataskussa. Siitä tulisi ihanaa!

Riina oli juossut järven ympäri ja oli palaamassa kotiin päin kun puhelin soi. Monika?
- Hei Monika, Riina sanoi ihmetystä äänessään.
- Soitinko pahaan aikaan? Monika varmaan ihmetteli Riinan hengästynyttä ääntä, ties mitä nainen kuvittelikaan Riinan olevan tekemässä.
- Ei, lenkillä olen, kohta kotona.
- Vai niin. Soittelin vain, että ehditkö tuoda ensi viikolla Green Futuren avaimet pois? Eikö sinulla ole viimeinen vuoro silloin? Haikeaahan tämä on, mutta muista, olet aina tervetullut takaisin, jos insinöörihommat alkavat maistua puulta...
- Ajattelin tulla loppuviikosta käymään. Soitan vielä tarkemmin.

Riina mietti, uskaltaisiko kysyä, missä Vili oli. Olisiko se liian tungettelevaa? Monika arvaisi, että hän oli kiinnostunut hänen veljestään. Haittaisiko se?

- Viliä varmaan harmitti, kun laitoit hänet työkeikalle tänään. Hänellä oli jo muita suunnitelmia, luulen, Riina sanoi ja toivoi kuulostavansa tarpeeksi välinpitämättömältä.
- Keikalle? Ai siivoamaan? Monika kuulosti ihmettelevältä, ja nyt Riinaa alkoi kaduttaa, että oli sanonut yhtään mitään.
- Ei Vili ole ainakaan minun töissäni. Hänellä on varmaan jotain omia juttuja.
- "Omia juttuja"? mutisi Riina, kun he olivat lopettaneet puhelun.

Vilillä ei ollutkaan Monikan määräämiä töitä vaan jotain ihan muuta. Mitä muuta?
Ja ikään kuin vastauksena kysymykseensä Riina näki tutun mustan auton kääntyvän kadun päässä ja pysähtyvän kadun varteen. Vili! Riina otti jo askeleen kohti autoa, mutta pysähtyi äkisti. Auto oli pysähtynyt kerrostalon oven eteen, ja nyt ovesta astui ulos nuori nainen. Nainen oli näyttävä ilmestys, valtavat pinkit hiukset ja vahva meikki erottuivat jopa kauas kadun päähän. Vaatteetkaan eivät tainneet olla ihan marketin rekistä ostetut. Hoikka, pitkä varsi oli mallinmitoissa. Muitta mutkitta nainen hyppäsi Vilin autoon. Saman tien auto kaasutti pois.
Riina nojasi polviinsa eikä kyennyt hetkeen ajattelemaan selkeästi.
– Tälle kaikelle on olemassa jokin järkevä selitys. Varmasti.

Suihkussa paha mieli kuitenkin purkautui kyyneliin. Vilillä riittää tyttöjä joka sormelle, ei epäilystäkään. Eihän heillä edes ollut mitään sopimuksia, kunhan olivat tavanneet muutaman kerran. Miten tähän kaikkeen kannattaisi suhtautua, jos Vili hakisi hänet huomenna, kuten oli luvannut? Kannattaako asiaa ottaa puheeksi?
– Nukun yön yli. Jos aamulla vielä tuntuu pahalta, puhun Vilille, vaikka se sitten tarkoittaisikin, että joudun luopumaan hänestä.

Aamu ei tuonut helpotusta Riinan oloon. Silmät avattuaan hän muisti oitis pinkkitukkaisen naisen. Paljon paremmin sellainen sopisikin Vilin auton etuistuimelle. Riinan siisti ja huoliteltu mutta tuiki tavallinen olemus ei säväyttänyt ketään. Peilistä tuijottivat kasvot, jotka olivat itsesäälin vallassa.

– Entä jos värjäisin hiukset... tai leikkauttaisin jonkin futuristisen mallin.

Riina nosteli paksuja vaaleita hiuksiaan ylös ja alas. Ajatus hiusten leikkaamisesta ei kuitenkaan tuntunut hyvältä. Pitkät hiukset oli helppo kääräistä ponnarille. Käytännöllistä – ja tylsää. Riina tuhahti peilikuvalleen ja päätti unohtaa muodonmuutoksen.

Puhelin soi. Näin aikaisin? Vili?

Puhelimen näytössä luki kuitenkin "Äiti".

– Huomenta.

– Riina, älä nyt säikähdä, mutta isä on joutunut sairaalaan. Ambulanssi haki hänet juuri.

Riina tunsi, että kaikki voima katosi jäsenistä, ja hän valahti tuolille istumaan.

– Mitä...kuinka?

– Ei tiedetä vielä, ilmeisesti jotain sydämessä. Hän oli aamulla huonovointinen ja sitten kaatui lattialle eikä saanut henkeä.

Riina kuuli, miten äiti nieleskeli kyyneliä. Tämä oli selvästi järkyttynyt ja huolissaan. Vaikka omassakin rinnassa oli musertava tunne, Riina yritti lohduttaa äitiään:

– Äiti, älä sure, isä on nyt päässyt hoitoon. Pääsetkö sairaalaan?

– Naapurin Kalle vie minut sinne, hän tulee tänne aivan kohta. Minulla on puhelin mukana, ilmoitan heti kun tiedän jotain.

Riina istui tuolillaan puhelin kädessään ja tuijotti seinää. Mitä ihmettä?. Isä. Ikuisesti terve, voimakas ja huolehtiva mies. Onko hänellä ollut vaivoja, joista hän ei ole maininnut? Niin miesten tapaista. Kun Riina viimeksi oli käynyt kotona, isä oli ollut kuin ennen. Iloinen, touhukas ja ahkera. Mitä jos isä kuolee? Ajatus lamautti Riinan täysin. Eihän niin voi käydä. Isä ja äiti olivat ikuisia.

Riina purskahti itkuun. Hän pudottautui tuolilta lattialle ja ulvoi sikiöasennossa ikäväänsä ja pahaa oloaan. Hysteerisestä itkusta ei tullut loppua. Tämä oli ensimmäinen kerta, kun Riina oikeastaan todella ymmärsi, että vanhemmatkaan eivät eläneet ikuisesti. Ajatus sai hänet suunniltaan. Jos ja kun isä ja äiti kuolivat, hänellä ei ollut enää ketään. Mitä järkeä oli elää yksin maailmassa? Ei ketään jakamassa iloisia ja surullisia asioita.

Tovin kuluttua Riina kohottautui niiskuttaen. Hän tiesi nyt, mitä tehdä. Heti seuraavalla junalla hän matkustaisi kotiin, äidin tueksi ja isää katsomaan. Ehkä kaikki vielä selviäisi ja isä paranisi.

Riina päätti panna opiskeluasiat kuntoon. Kun lopputyö olisi palautettu, hänellä ei olisi enää mitään kiirettä tänne. Mikä ettei, hän voisi vaikka muuttaa takaisin lapsuudenkotiin. Sen verran Riinalla oli kuitenkin ymmärrystä jäljellä, ettei hän alkanut tehdä liian kauaskantoisia päätöksiä valtavan liikutuksen vallassa.

Matkalaukku oli pakattu. Riina sammutti valot ja lähti asemalle. Junamatka oli aina tuntunut pitkältä, mutta nyt se tuntui vievän ikuisuuden. Riinaa itketti, mutta hän yritti hillitä itsensä muiden matkustajien vuoksi. Aikaa tappaakseen ja saadakseen ajatukset muualle Riina lähetti viestin yliopistolle. Opiskelut oli nyt opiskeltu. Valmistujaisia ei tässä tilanteessa jaksaisi edes ajatella. Kaikki tulevaisuudensuunnitelmat olisivat auki kunnes selviäisi, miten isä voi. Puhelin alkoi hurista, Riina oli pannut sen äänettömälle junassa. Vili! Riina oli unohtanut kokonaan, että heidän piti tavata. Hetken mietittyään Riina päätti olla vastaamatta. Yksi syy oli tietenkin se, ettei hän ollut niitä ihmisiä, jotka avautuvat junassa koko vaunulliselle ihmisiä. Mikään ei ollut tuskallisempaa kuin kuunnella vieruskaverin yhdentekevää pälpätystä tunnin jos toisenkin.
Toinen syy oli se, ettei hän nyt jaksaisi kertoa isän sairastumisesta. Se menisi itkuksi joka tapauksessa.
Ja oli kolmaskin syy: pinkkitukkainen nainen.
Riina lähetti Vilille kuitenkin kohteliaan viestin, missä kertoi joutuneensa lähtemään äkisti matkalle ja olevansa junassa tällä hetkellä.
"Toivottavasti kaikki on hyvin" vastasi Vili.
Riina tunsi lämpimän läikähdyksen sisällään. Ehkä Vili välitti kuitenkin.

Junan tasainen kyyti sai Riinan torkahtamaan hetkeksi. Kun määränpää vihdoin häämötti, Riina soitti äidilleen ja kertoi tulevansa suoraan sairaalaan.
– Tiedätkö vielä mitään? kysyi Riina äidiltään.
– Kai se jonkinlainen sydänkohtaus oli. Isä vietiin teholle. En ole nähnyt häntä ollenkaan. Kaiketi hänet leikataan. Jokin pallolaajennus kaiketi, en tiedä...
Riina kuuli, miten äiti yritti hillitä itsensä, ettei olisi purskahtanut itkuun. Myös hän itse nieleskeli kyyneliä.
– Isä on nyt hyvässä hoidossa. Tulen sinne, kohta nähdään.
Lähtiessään kotoa Riina oli ottanut mukaansa myös onnenamulettinsa, arvokkaan korun. Tällä kertaa hän ei kuitenkaan ripustanut sitä kaulaansa vaan antoi sen olla rasiassaan. Matkalla hän oli silitellyt sileää hohtavaa kiveä ja esittänyt mielessään hartaan toivomuksen: kunpa isä paranisi.

Taksissa istuessaan Riina mietti miten äkkiä asiat voivat muuttua. Vielä hetki sitten hänellä ei ollut mitään murheita sydämellään, paitsi ilmeisesti uskoton ihastus Vili. Nyt se tuntui aivan mitättömältä ja epäolennaiselta, kun isä taisteli hengestään sairaalan teho-osastolla.

Riina kiirehti sairaalan ovista sisään ja löysikin pian äitinsä istumassa tuolissa odotushuoneessa. Äiti näytti kumaralta ja hauraalta ikään kuin hän olisi vanhentunut vuosia näiden parin kuukauden aikana siitä kuin Riina hänet viimeksi tapasi. Näky vihlaisi sydänjuuria myöten.

– Äiti!

Kyyneleiset silmät katsoivat Riinaan, ja valtava helpotus näkyi äidin kasvoilta.

– Ihanaa, kun tulit.

Sairaalan kolkko ja kylmä huone huokui sitä tunnelmaa, mikä oli Riinan ja hänen äitinsä mielessäkin. Surua, epätoivoa, lohduttomuutta. Mutta ei auttanut muu kuin odottaa. Lääkäri kertoisi kyllä, kun olisi jotain kerrottavaa.

Ikuisuudelta tuntuvan ajan jälkeen valkotakkinen nuori mieslääkäri tuli heidän luokseen. Nuoren miehen kulmakarvojen väliin muodostuivat syvät huolirypyt, mikä alleviivasi tilanteen vakavuutta.

– Miehellänne oli sydäninfarkti, sanoi lääkäri hitaasti äidille kuin varmistaen, että jokainen sana tuli ymmärretyksi. – Tilanne on hyvin vakava. Olemme nyt operoineet ja teimme hänelle ohitusleikkauksen. Vaara ei ole vielä ohi. Siirrämme hänet tarkkailuun. Valvontaosastolla voimme seurata mahdollisia rytmihäiriöitä sekä valvoa sykettä. Tässä menee muutamia päiviä, jotta näemme, mihin suuntaan hänen vointinsa lähtee menemään. Voitte mennä kotiin. Soitamme, mikäli jotain käännettä huonompaan tapahtuu.

– Huonompaan? Riinalta lipsahti. – Voiko käänne olla huonompaan, vaikka leikkaus meni hyvin? Lääkäri näytti Riinan mielestä lievästi turhautuneelta. "Maallikot", ajatteli hän.

– Tietenkin kaikki on mahdollista tässä vaiheessa, kun hoito on vasta aloitettu. Olisin silti toiveikas. Kaikki meni hyvin, mutta komplikaatiot ovat aina mahdollisia. Näemme lopputuloksen muutaman päivän kuluttua. Ja senkin jälkeen hoito jatkuu. Elämä muuttuu nyt kokonaan.
– Kiitos, Riinan äiti sai sanottua.
Riina otti äitinsä kainaloon, ja he lähtivät kohti ulko-ovea. Ehkä kotona ajatukset selkiytyisivät ja toivottomuus hellittäisi.

Oli jo yö, ennen kuin he pääsivät kotiin. Molemmat halusivat vain päästä nukkumaan. Aamulla kaikki näyttäisi varmasti valoisammalta. Lattialla oli vielä kasassa räsymatto, joka oli siinä missä isä oli kaatunut ja hoitajat olivat nostaneet hänet paareille. Äiti tuijotti mattoa pohjattoman surullisena. Olisipa kaikki vielä kuten ennen tätä aamua.

Riina heräsi taas kahvintuoksuun. Mmm, ihanaa! Meni hetki, ennen kuin hän muisti, missä oli ja miksi. Saman tien kauhu kouraisi vatsanpohjaa. Kuinka kauan olen nukkunut? hän ajatteli kauhuissaan. Äiti on jo herännyt. Onko joku soittanut sairaalasta? Kai hän olisi tullut herättämään Riinan, jos jotain hälyttävää olisi tapahtunut?
Riina nousi ja meni keittiöön. Äiti istui kahvikupin äärellä ja luki lehteä. Ihmeen rauhallisena hän hymyili Riinalle.
– Huomenta. Saitko nukuttua?

- Sain, nukuin kuin tukki.

Se oli ihme, sillä olosuhteet huomioon ottaen olisi luullut, että uni ei tulisi millään tai olisi täynnä painajaisia. Riinalla oli silloin tällöin ollut vaikeaa saada unta esimerkiksi ennen tenttejä. Tai työhaastatteluja. Nyt kriisitilanteessa uni oli parempaa kuin koskaan. Hän tunsi melkeinpä huonoa omaatuntoa.

- Juodaan aamukahvit ja lähdetään sairaalaan, ehdotti äiti. - Varmaan nyt heillä on jo tietoa, kuinka isä toipuu.

Riina otti auton avaimet naulasta. Hänen äidillään ei ollut ajokorttia. Miten äidin kävisi, jos isä tosiaan kuolisi? Kuinka hän pääsisi liikkumaan kauppaan ja asioille? Täällä maalla ei ollut julkisia yhteyksiä. Bussi kulki arkisin kerran päivässä. Olisi kenties pakko alkaa miettiä muuttoa kaupunkiin.

Auto ei tahtonut käynnistyä. Riina ajoi nykyään enää harvoin ja oli melko varovainen kuski. Lisäksi isän vanha auto oli oikukas. Parin yrityksen jälkeen moottori kuitenkin hyrähti käyntiin ja he pääsivät liikkeelle. Sää oli kaunis, kevät oli aina ollut Riinan lempivuodenaika. Ja tämän kevään piti olla oikea "elämän kevät". Hän valmistuisi, etsisi työpaikan, aloittaisi oikean elämän. Kenties löytäisi kumppanin...

Vili tuli Riinan mieleen. Mitähän Vili teki juuri nyt? Ajeli kaupungilla pinkkitukkaisen tyttöystävänsä kanssa hienolla autollaan? Pah. Mitäpä asia hänelle kuului. Tehköön Vili mitä tahtoo.

Sairaalaan päästyään äiti ja Riina menivät heti kysymään, kuinka isä voi.
– Voimmeko mennä katsomaan häntä? kysyi äiti toiveikkaana.
– Itse asiassa kyllä, hoitaja hymyili. – Jos odotatte hetken kunnes lääkäri on käynyt kierrolla, niin pyydän teidät sisään sen jälkeen.
Toivoa täynnä ja malttamattomina he istuivat huoneessa, joka vielä eilen oli tuntunut synkältä luolalta, kuoleman esikartanolta. Odotushuone tulvi auringonvalossa.
Hetken kuluttua hoitaja kutsui heidät.
– Potilas on edelleen hyvin heikkona. Älkää pelästykö. Saatte olla potilaan luona vain lyhyen aikaa.
Tietämättä mitä odottaa Riina aukaisi huoneen oven. Hämärä huone oli täynnä letkuja ja piipittäviä laitteita. Kolmen monitorin näytöllä heilui erivärisiä viivoja, ylös, alas, kuin mitäkin vuorijonoja. Hoitaja valvoi laitteita ja tarkisti letkuja.
– Hyvää päivää, omaisia? Potilas nukkuu. Hän on ollut aamulla hereillä pienen hetken ja sanonut muutaman sanankin. Hän on hyvin sairas ja väsynyt. Jätän teidät hetkeksi.
Riina seisoi äidin vierellä ja katsoi nukkuvaa isäänsä. Oliko tuo sängynpohjalla letkuissa makaava mies hänen isänsä, sama mies, joka hakkasi saunahalot ja lapioi lumet talvella? Isän kasvot olivat harmaat, ei, vaan lähes vihreät. Mies oli kutistunut puoleen koostaan yhdessä yössä. Kuinka se on mahdollista?
Riina otti tukea sängynreunasta ettei olisi kaatunut.

Onneksi vieressä oli tuoli, johon hän lysähti. Hän näki äitinsä silittävän isän poskea ja puhuvan tälle hiljaisella äänellä. Riina katsoi heitä ja toivoi löytävänsä joskus samanlaisen rakkauden kuin hänen vanhemmillaan oli. Vai oliko rakkaus liian pieni sana? Oikeasti kyse on kiintymyksestä, sitoutumisesta ja uskollisuudesta toista kohtaan. Puoliso on paras ystävä. Sellaisen suhteen myös Riina halusi.
Ihan liian pian hoitaja tuli ja komensi heidät pois. – Tulkaa huomenna taas. Ehkä potilas voi jo paremmin ja jaksaa kenties jutellakin.
Kotimatkalla kumpaakaan ei juuri huvittanut puhua. Äiti tuijotti ulos auton ikkunasta kuin näkisi maisemat ensimmäistä kertaa. Kaikki oli muuttunut hetkessä. Molemmat miettivät, että entä jos isä ei parane. Miten tästä eteenpäin?
Illan he tuijottivat tv:n yhdentekevää ohjelmaa ja vain odottivat, että pääsisivät nukkumaan. Ehkä seuraava aamu toisi jo toivon pilkahduksen ja uutta tietoa.

Aamukahvin jälkeen he lähtivät taas matkaan kohti sairaalaa. He molemmat elättelivät toivoa, että isä olisi hereillä ja puhuisi heille. Silti kumpikaan ei uskaltanut sanoa sitä ääneen. Jos tilanne ei olisi parantunut eilisestä, pettymys olisi suuri.
Lähestyessään huonetta he huomasivat, että jotain oli tekeillä. Huoneen ovi oli auki, ja hoitajia tuli ulos ja meni sisään. Riina vilkaisi äitiään ja näki tämän hätääntyneen ilmeen.

– Ei ei ei...ei kai vain, ei kai Tapiolle ole sattunut mitään...?

Riinan äiti lähti puolijuoksua kohti huoneen ovea ennen kuin Riina ehti reagoida mitenkään. Äiti oli jo mennyt sisälle huoneeseen, kun Riina vasta ehätti ovelle. Vastaantulevalta hoitajalta Riina kysyi – Mitä täällä tapahtuu? Kuinka Tapio, kuinka isä voi?

Peläten vastausta ja kaikki pahimmat skenaariot kuvitellen Riina tuskin uskalsi kuulla mitä hoitaja sanoo.

– Siirrämme Tapion osastolle. Hän voi jo paremmin eikä tarvitse tehohoitoa.

Kun Riina astui ovesta, häntä odotti huojentava näky. Hänen äitinsä ja isänsä juttelivat toisilleen. Isän kasvoille oli palannut väri. Letkuja ja monitoreja oli edelleen paljon, mutta tunnelma oli jo aivan erilainen kuin eilen.

– Kylläpä pelästytit, sanoi Riina isälleen, kun pääsi vuoteen viereen.

Isä katsoi lämpimästi tytärtään. – Taisin pelästyä itsekin. Onneksi lääkärit ja hoitajat saivat ukon kuntoon. Kiitos kuuluu heille.

Riina saattoi isän osastolle. Äiti jäi vielä hetkeksi huoneeseen, ja Riina meni aulaan odottamaan. Todennäköisesti pahin oli nyt ohi. Toipuminen ja kuntoutus voisi alkaa. Luultavasti isä parantuisi lähes ennalleen. Toki se veisi aikaa.

Riina ja äiti vierailivat joka päivä sairaalassa. Isä toipui. Iltaisin nukkumaan mennessään Riina antoi kiitokset safiirille. Lapsellista? Ehkä, mutta tuskin se haittasikaan.
Pian Riinan olisi aika lähteä takaisin omaan kotiinsa. Äiti ja isä pärjäisivät taas kahdestaan. Ajatus kirpaisi ilkeästi. Hädän hetkellä Riina oli tuntenut olevansa tarpeellinen ja osa perhettä, kuin pieni lapsi. Nyt hänen osanaan oli jäädä yksin.
Riina ravisti päätään. Nämähän ovat ihan hulluja ajatuksia... Olisi ihanaa päästä kotiin ja alkaa suunnitella tulevaisuutta.

Pari viikkoa oli kulunut mukavasti. Isä pääsi kotiin, ja hänen voimansa alkoivat palautua yllättävän nopeasti. Kiitos lääketieteen, mies nuorentui useita vuosia. Kerrankin koko perhe sai viettää aikaa rauhassa, keväästä nauttien. Ehkä jokaisen mielessä kummitteli ajan rajallisuus. Siitä oli tullut vakava muistutus.

Lähtöpäivänä vanhemmat tulivat saattamaan Riinan junalle.
– Tule taas pian, sanoi äiti. – Jos et saa heti töitä, voit lomailla täällä kesän.
Riina iloitsi, että isä oli taas jalkeilla. Kuitenkin varovaisuus oli paikallaan. Kaikkea raskasta piti välttää, joten halot saisi naapurin Kalle pilkkoa.
Junassa köröttely oli yhtä puuduttavaa myös takaisinpäin. Nyt olo oli kuitenkin kevyempi kuin

mennessä. Yksi huoli vähemmän.

Riina haki matkalla todistuksensa yliopistolta siltä varalta ettei pääsisi juhliin. Juhlatilaisuus olisi parin viikon päästä. Luultavasti kaverit houkuttelisivat hänet juhlimaan, ja se olisikin tervetullutta vaihtelua. Vili ei ollut soittanut kertaakaan sinä aikana, kun hän oli poissa. Se kertoi kaiken. Oli aika unohtaa koko mies.

Riina odotti myös vastauksia työhakemuksiinsa. Päätöksiä pitäisi tulla näinä päivinä. Ainakin yksi haastattelu oli jo tiedossa. Se ei ollut ihan ykkösvaihtoehto, mutta varteenotettava. Green Futuren asiat selviäisivät ensi viikolla.

Riina kääntyi ajatuksissaan kohti kotia ja huomasi kadunkulmassa tuijottavansa suoraan Vilin silmiin. Meni hetki, että molemmat tunnistivat toisensa.

– Ai hei, ehti Vili sanomaan.

Hän hymyili yhtä ihanasti kuin aina.

Riinan kasvot sulivat hymyyn mutta hymy hyytyi välittömästi hänen huomatessaan, kenen kanssa Vili oli liikkeellä. Pinkkitukkainen nainen tuijotti heitä jostain korkeuksista. Kuinka pitkä tuo ihminen oikein oli, yli kaksimetrinenkö?

– Hei, sanoi Riina, eikä hänellä ollut aikomustakaan jäädä rupattelemaan pariskunnan kanssa.

Saman tien hän otti suunnan kohti kotiovea ja lähti painelemaan harppovin askelin. Hän ei edes vilkaissut taakseen, niin pahalta oli tuntunut nähdä Vili toisen kanssa. Mitä ihmettä hän oli edes kuvitellut, hölmö, hölmö tyttö! Itkua pidätellen Riina juoksi

raput ylös, avasi oven ja lysähti eteiseen.
Miksi Vili oli antanut hänen ymmärtää, että oli kiinnostunut? Suudellutkin. Vaikka se nyt ei todistanut vielä mitään. Olihan Riinakin suudellut miehiä ilman sen kummempaa vakavampaa aikomusta. Tosin ei enää pitkään aikaan.
Riina keitti kahvit ja koetti rauhoittua. Korun hän pani takaisin rasiaan kunnioittavasti ja kiitoksen kera. Oliko korun taika pettänyt tällä kertaa? Eikö hän saisi haluamaansa miestä? Jos näin oli, niin oli tarkoitettu.
Hän selaili saapuneita sähköposteja. Rauno Heikkinen oli lähettänyt postia äskettäin. Asia koski varmasti Green Futuren työtä. Riinaa jännitti. Työ oli juuri sitä mitä hän toivoi, vaativa, haastava, mutta hänellä oli vain vähän kokemusta projektinjohdosta. Se saattaisi olla este valinnalle.
Riina luki Heikkisen kirjeen. "Valitettavasti et tullut tällä kertaa valituksi projektinjohtajaksi. Haluaisimme kuitenkin sinut osaksi tiimiä. Projektia tulee johtamaan Niklas, työskennellessäsi hänen kanssaan oppisit varmasti paljon. Mieti asiaa ja palaa asiaan mahdollisimman pian."
Niklas? Riina tuijotti sähköpostia typertyneenä. Pettymys oli valtava. Tämä oli pahin mahdollinen skenaario, hän ja Niklas samassa projektissa. Niklas olisi vieläpä hänen pomonsa. Ei ikinä! Ei kuuna päivänä!
Asiaa ei tarvinnut miettiä. Riina näpytteli saman tien kohteliaan viestin Rauno Heikkiselle. "Kiitos ystä-

vällisestä tarjouksesta, mutta joudun valitettavasti kieltäytymään."
Todella harmillista. Riina selasi vielä avoimet työpaikat, lähetti pari hakemusta kiinnostaviin paikkoihin. Huomenna olisi yksi työhaastattelu, samalla voisi viedä Monikalle loput avaimet ja muut tavarat pois. Kun yksi ovi menee kiinni, toinen aukeaa, Riina ajatteli mutta ei saanut lohtua vanhasta aforismista. Hänellä oli mennyt jo kaksi ovea kiinni samana päivänä, työ ja Vili.

Monika oli hyvällä tuulella ja onnensa kukkuloilla Riinan poiketessa hänen luonaan. Suhde kukoisti, ja huolettomat päivät ilman taloudellisia huolia häämöttivät. Riina oli iloinen hänen puolestaan. Ehkä hänkin olisi jokin päivä vielä yhtä onnellinen.

7

Asioilla on taipumus järjestyä

Työhaastatteluun Riina käveli pieni jännitys vatsassaan. Mahtoiko hän olla tarpeeksi hyvä? Hänellä oli pitkä harjoittelukokemus, mutta varsinaista työkokemusta ymmärrettävästi vähän.
Haastattelu sujui kuitenkin hyvin, ja tilannekin oli hyvin rento ja miellyttävä.
– Ilmoitamme loppuviikosta valinnastamme.
Hyvillä mielin Riina lähti kotiin. Hän soitti matkalla äidille. Isällä oli kaikki hyvin. Vointi parani kohis-

ten.

Kaikki oli siis hyvin, mutta silti Riinan sisällä oli jokin jäytävä tunne. Tilanne Vilin kanssa oli selvittämättä. Vai oliko siinä mitään selvitettävää? Riina vain luuli niin.

Kuin vastauksena kysymykseensä puhelin soi. Vili? Vili soitti hänelle? Oliko pinkkitukka tehnyt oharit...? Halu kuulla Vilin ääni oli suurempi kuin mikään kiukku, joten Riina vastasi.

– Hei Riina, mitä kuuluu? Kävelit niin vinhaa vauhtia eilen ohi, etten ehtinyt sanoa mitään.

Riinaa nolotti tyly käytöksensä. Olisihan hän voinut tosiaan pysähtyä vaihtamaan muutaman sanan.

– Olin aika väsynyt ja sekaisin, tulin juuri junalta. Olin pari viikkoa kotona, kun isä sairastui äkillisesti.

Vili pahoitteli asiaa ja kysyi isän vointia. Se lämmitti Riinan mieltä.

– Onko sinulla tekemistä iltapäivällä? Ehtisitkö tavata? Vili kysyi muitta mutkitta.

Riinaa hämmästytti Vilin suorasukaisuus. Entä toinen tyttö? Pyörittikö tämä useampaakin naista samaan aikaan? Houkutus oli kuitenkin liian suuri.

– Miksei. Sopiiko tunnin päästä?

– Tulen hakemaan sinut, sanoi Vili.

Riina odotti ulkona ja näki jo kaukaa, miten musta auto kääntyi kulman takaa. Riina ei vielä tiennyt, miten ottaisi heidän suhteensa puheeksi. Minkä "suhteen"? He olivat tavanneet muutaman kerran, siinä kaikki. Tällainen löysässä hirressä roikkuminen ei kuitenkaan sopinut Riinan luonteelle. Ellei toinen

ollut vakavissaan, Riina mieluummin lopettaisi tapaamiset kokonaan. Niin surullista kuin se olikin.
Vili pysäytti auton kadulle ja astui ulos avaamaan Riinalle oven. Riina punastui. Tämä oli niitä harvoja kertoja, kun kukaan mies avasi hänelle auton oven. Se tuntui mukavammalta kuin hän olisi halunnut myöntää itselleen. Olihan hän insinööri ja melkein feministi.
– Olet oikea herrasmies, naurahti Riina, ettei näyttäisi aivan hupakolta.
– Niin olen... älä kuitenkaan totuttele siihen. Yritän vain tehdä vaikutuksen. Ensi kerralla saat avata oven ihan itse, virnisti Vili.
– Sinulla on hieno auto, Riina totesi ikään kuin kysymyksenä.
Vili ei vaikuttanut tyypiltä, joka tarvitsisi hienon auton egoaan pönkittääkseen. Sellaisiakin miehiä oli, luoja paratkoon, maailma täynnä.
– No, ajattelin, että se toisi hieman katu-uskottavuutta työhöni, Vili sanoi melkein anteeksipyytäen.
Riina kurtisti kulmiaan. Tarvitseeko siivooja ökyautoa ollakseen ammatissaan katu-uskottava? En ole ennen kuullutkaan. Ehkä miehet tarvitsevat, hän ajatteli.
– Minä kuljen usein polkupyörällä, Riina sanoi hiukan haastavasti.
– Niin minäkin, Vili sanoi. – Paitsi tosiaan työkeikoilla ja tapaamisissa.
Hyvin erikoista. Riinaa alkoi melkeinpä suututtaa.

He ajoivat satamaan. Kaunis ilma oli houkutellut paikalle paljon kävelijöitä. Oli lähes helteinen sää. Varjoisa puistonpenkki oli kuitenkin vapaa, ja he istuivat siihen. Nyt jos koskaan, ajatteli Riina ja puhkesi puhumaan.

– Miksi et soittanut minulle kahteen viikkoon? Luulin, että haluaisit tavata minua. Meillähän oli hauskaa? Onko sinulla tyttöystävä? Kuka se pinkkitukkainen nainen on? Olen nähnyt hänet sinun seurassasi jo monta kertaa. Sano suoraan, jos olet jonkun kanssa. Ja miksi ihmeessä mies tarvitsee jonkun luksusauton mennäkseen siivoamaan, niin, miksi?

Riina oli aivan hengästynyt lopettaessaan purkauksensa. Nyt hän pelkäsi, että Vili suuttuisi ja lähtisi. Menköön jos on mennäkseen. Hän ei koskaan suostuisi olemaan toinen nainen.

Vili tuijotti häntä suu auki. Riinan avautuminen oli selvästi yllättänyt hänet. Ilmeisesti hän yritti saada jotain tolkkua kuulemastaan, mutta ei onnistunut siinä kovin hyvin.

– En soittanut, kun tiesin mitä isällesi oli tapahtunut. Monika kertoi. Enkä ollut varma, halusitko edes. Kun soitin, et vastannut, ja tekstiviestisi oli melko lyhyt... ellei peräti torjuva.

Niin, niin, tietenkin se oli lyhyt, kun mielessä väikkyi kuva Vilistä ja hujopista naisesta.

He istuivat hiljaa.

– En tällä hetkellä seurustele vakavasti kenenkään kanssa, sanoi Vili lopulta.

– Vakavasti? Entä vähemmän vakavasti? Riina pa-

kotti itsensä sanomaan, vaikka pelkäsi vastausta.
– Olin toivonut, että voisin alkaa tapailla sinua, Vili sanoi – mutta ehkä se olikin toiveajattelua. Jos suhde kaatuu yhteen autoon, ehkä sillä ei ole tulevaisuutta.
– Ei kaadu autoon, mutta toisiin naisiin kaatuu. Kuka on pinkkitukkainen nainen? Riina sanoi kovemmalla äänellä kuin oli tarkoittanut.
– Pinkkitukka?
Viliä alkoi naurattaa, ja ihastuttava hymykuoppa tuli esiin.
Riina tuijotti miestä. Kehtasiko tämä nauraa hänelle?
– Hän on uusi asiakkaani. Eikö Monika ole kertonut?
– Emme ikävä kyllä keskustele uusista asiakkaista, eikä hän myöskään kerro veljensä asioista. Joten onko pinkkitukka tyttöystäväsi vai ei?
– Ei tietenkään ole. Teen hänen kanssaan töitä. Meillä on projekti kesken.
Riina yritti kuvitella mielessään kaksimetrisen mallin korkokengissään mopin varteen, mutta ei kyennyt siihen.
– Anteeksi, mutta en millään usko, että se mallinvartaloinen tyttö olisi kiinnostunut roskisten tyhjäämisestä tai pölyjen pyyhkimisestä. Voit sanoa minua ennakkoluuloiseksi, mutta näin se vain on.
Nyt Vilillä syttyi lamppu.
– Ai, sinä luulit että meillä on siivousprojekti meneillään, ei, ei tietenkään.
Viliä nauratti. Riinaa ei naurattanut yhtään. Jos ei kyse ollut siivoamisesta, mistä sitten? Kyse oli siis

jostain pahemmasta. Niin pitkälle ei Riinan mielikuvitus edes riittänyt.

– Kuule, nyt tehdään niin, että minä vien sinut yhteen paikkaan.

He kävelivät puhumatta takaisin autolle. Tällä kertaa Riina sai kavuta autoon ihan itse. He ajoivat takaisin kaupunkiin, niille kulmille, missä Riina oli ensimmäisen kerran nähnyt Vilin tytön kanssa. Vili ajoi alas parkkihalliin. He nousivat autosta, ja Vili avasi oven porraskäytävään. Alakerrassa näytti olevan jotain toimitiloja. Yhden ovessa oli kyltti William Records, ja siitä ovesta he astuivat sisään.

Vaikka Riina ei koskaan ennen ollut käynyt studiossa, hän arveli, että tämä ehkä oli sellainen. Tietokoneita, näyttöjä, kaiuttimia, mikrofoneja... nappuloita vaikka kuinka paljon.

Nyt Riina oli sanaton. Mitä tämä tarkoitti?

– Tervetuloa työpaikalleni, Vili sanoi ja levitteli käsiään joka puolelle. – Täällä teemme musiikkia ja yritämme saada hitin aikaan. Olen opetellut tuottajan hommia nyt muutaman vuoden.

Kun Riinalle alkoi valjeta totuus, häntä alkoi nolottaa. Mahtoi Vili nyt ajatella, että mikä idiootti.

– Monika ei ole koskaan kertonut, että sinulla on toinenkin työ. Tai siis että et siivoa päätyöksesi... Riina kiemurteli, kun ei tiennyt miten olisi sanansa asettanut.

– Kyllä minä siivoan ihan päätyökseni. Tai siivosin. Se on tuonut leivän pöytään, kun aloittelin bisneksiä.

Nyt tosin taitavat siivoushommat olla tiensä päässä, kun Monika myi yrityksensä.
He istuivat sohvalle, ja Vili toi juotavaa.
– Onko se pinkkitukkainen tyttö siis uusi laulajatähti? Riina kysyi.
– Toivottavasti. Haluatko kuulla?
Vili meni koneilleen ja pian huoneen täytti täyteläinen, matala ääni.
– Ihan erilainen ääni kuin kuvittelin, Riina tunnusti.
– Kaunis ääni. Pop-tähtiä vartenko ajat noin erikoisella autolla?
– Osittain, ainakin nuorempiin kavereihin se tekee suuremman vaikutuksen kuin jokin tavallinen Corolla tekisi. Mutta autossa on myös hyvät äänentoistolaitteet, ja joskus siellä kuunnellaan musiikkia, ammattimaisesti. Ja on sillä kiva ajaakin, Vili naurahti.
Riina oli aivan sekaisin. Ja vielä enemmän sekaisin, kun Vili tuli lähemmäksi hänen kasvojaan ja alkoi suudella häntä.

Seuraavat päivät Riina käveli pari metriä maan pinnan yläpuolella. Hän oli umpirakastunut. Kuinka näin onnellinen voi edes olla?
– Minä, järkevä ihminen, hullaannun, Riina kuiskasi.
Tunne oli joka tapauksessa ihana. Pitkästä aikaa Riina tunsi elävänsä. Pitkä kaamos oli ohi, ja aurinko paistoi.
Työpaikkaa ei vieläkään ollut löytynyt, ja se hiukan varjosti Riinan onnea. Haastattelut menivät hyvin,

mutta aina löytyi joku sopivampi ja pätevämpi. Työkokemusta oli liian vähän. Mistä sitä kertyykään, jos ei koskaan pääse mihinkään, Riina ajatteli mutta ei silti suostunut vaipumaan epätoivoon. Hän oli varma, että jotain vielä löytyisi.

Illalla avatessaan sähköpostia Riina huomasi saaneensa viestin Green Futuresta. Rauno Heikkinen pyysi häntä käymään toimistolla. Viestissä ei sanottu mitä asia koski. Ei kai vain avaimia puuttunut? ajatteli Riina kauhuissaan. Hän oli palauttanut ne Monikalle, ja kaiken piti olla kunnossa.
Asia jäi vaivaamaan, mutta nyt oli liian myöhäistä soittaakaan. Hän kävisi siellä heti aamulla.

Hermostuneena Riina lähti matkaan. Hän halusi selvittää asian heti. Green Futuressa oltiin aina hänelle ystävällisiä, olisi kauheaa, jos hän olisi pettänyt heidän luottamuksensa jollain tavalla.
Jännitys nipisteli Riinan vatsaa, kun hän astui aulaan. Jaana oli paikoillaan heti aamusta ja näytti iloitsevan Riinan näkemisestä.
– Hei, mitä kuuluu? Hauska nähdä.
– Hei, Rauno pyysi käymään. Et sinäkään tiedä, mitä asiaa hänellä mahtaa olla? Riina kysyi toiveikkaana.
– En tiedä, valitan. Voit mennä hänen huoneeseensa odottamaan, muistat kai missä se on? Rauno tulee varmaan pian.
Kyllähän Riina muisti missä Raunon huone oli. Sinne päästäkseen oli mentävä Niklaksen huoneen ohi,

ja se oli ahdistava ajatus. Niklaksen huoneen ovi oli kuitenkin suljettu, kuten tavallisesti. Riina huokaisi helpotuksesta. Hän ei kaivannut Niklaksen ivailua lisäämään stressiä.

Raunon huoneessa oli valot. Oliko Rauno sittenkin ehtinyt paikalle? Riina astui huoneeseen. Liian myöhään hän näki, että huoneessa istui jo joku: Niklas. Yllättyneenä Niklas nosti katseensa. Sitten hänen ilmeensä suli ivalliseen hymyyn.

– Oletko sinä tyttöparka erehtynyt huoneesta? Siivouskomero on talon toisessa päässä.

Jotkin asiat eivät näköjään muutu koskaan. Riina yritti näyttää itsevarmalta vaikka vapisi sisältäpäin. Niklaksen viha ja täydellinen kunnioituksen puute lähes nujersivat hänet.

– Rauno pyysi minua käymään, Riina sanoi.

– Vai pyysi? Jäikö sinulta jokin tahra pyyhkimättä pomon pöydältä? Meillä on jo uusi siivooja. Ikävä kyllä, paljon vanhempi eikä läheskään noin pirtsakka tapaus kuin sinä. Voin puhua puolestasi, jos haluat virkasi takaisin, Niklas hörähteli.

Riina istui mahdollisimman kauas Niklaksesta ja toivoi Raunon tulevan pian. Hän ei olisi halunnut olla kahden kesken tuon miehen kanssa yhtään kauempaa kuin oli pakko. Toivottavasti mies osasi pitää suunsa kiinni. Se oli kuitenkin turha toivo.

– Oletko saanut jo uutta luututtavaa? Onko siivoojilla hyvä työtilanne? Eihän paska maailmasta lopu... Niklas nauroi ääneen hyvälle vitsilleen. – Entä ystäväsi, "mies paikallaan" onko hänellä riittänyt imuroitavaa? En kyllä tajua, kuinka joku mies pystyy siihen hommaan.

Suu tiukkana viivana Riina tuijotti eteensä. Jos Rauno ei tulisi pian, hän lähtisi. Mikään voima maailmassa ei saisi häntä pysymään tässä tuolissa samassa huoneessa tuon älykääpiön kanssa.

Onneksi Rauno astui sisään juuri samalla hetkellä. – Olettekin molemmat täällä jo, hyvä.

Niklas vilkaisi Riinaa ja kohotteli kulmiaan. "Molemmat"?

– Niin, pyysin sinut, Riina, tänne työhakemuksesi johdosta. Kieltäydyit aika nopeasti, se suretti minua. Haluaisin mielelläni sinut joukkoomme. Olet pätevä nainen.

Niklas tuijotti Raunoa kuin ei uskoisi korviaan.

– Mistä alkaen meillä on rukoiltu siivoojia takaisin töihin! Niklas tiuskaisi.

– Niklas, sinä et nyt ymmärrä. Riina on hakenut meiltä projektinjohtajan paikkaa.

Hölmistynyt ilme Niklaksen kasvoilla oli näkemisen arvoinen. – Mitä sinä tarkoitat? Ei kai tänne ennenkään siivoojia ole palkattu johtamaan projekteja.

Niklaksen oli vaikea hillitä itseään, niin ärsyyntynyt hän oli. Poskille tuli punaiset täplät, ja hän näytti kiristelevän hampaitaan.

– Riina on erinomainen siivooja, Rauno sanoi, – kuten on epäilemättä erinomainen kaikessa, mihin päättääkin tarttua. Siksi me haluamme hänet yritykseemme töihin. Ei siivoojaksi vaan osaksi projektiamme.

– Mutta siivooja...! Niklas melkein huusi.
– Paitsi pätevä siivooja, Riina on myös diplomi-insinööri.

Raunon rauhallisen äänen olisi luullut saavan Niklaksenkin mielen tyyntymään, mutta kävikin päinvastoin. Mies nousi ylös tuolista sellaisella voimalla, että se kaatui lattialle.

– Minä en halua alaisikseni mitään opiskelijoita, jotka ovat taitavia vain pölyn pyyhkimisessä. Jos tuo tulee tänne, niin minä lähden.

Niklas syöksyi ulos ovesta.

Riina istui järkyttyneenä tuolissaan. Tilanne oli kaikin puolin epämiellyttävä ja jopa uhkaava. Tähän hän ei ollut varautunut. Rauno oli kuitenkin maininnut jotain mahdollisesta työstä, ja se kiinnosti Riinaa.

– Oletko kunnossa? Rauno kysyi hetken kuluttua.
– Tämä kaikki oli aika odottamatonta. Osasin odottaa Niklakselta jotain hyökkäystä, mutta silti tuo vihan määrä yllätti.
– Voin kertoa sinulle sen verran, että Niklaksella on nyt vaikeaa. Henkilökohtainen elämä on aika lailla sekaisin. Työt hän on aina hoitanut hyvin. Haluaisin pitää hänet talossa, niin eriskummalliselta kuin se voikin kuulostaa.

Riinan mielestä se kuulosti enemmän kuin kummalliselta. Niklaksen täytyy todella olla painonsa arvoinen kultaa, jos Rauno sieti miehen oikkuja.

– Mutta se miksi kutsuin sinut tänne, Rauno jatkoi, – on se, että haluan tarjota sinulle työtä täällä meillä.

Ja siis insinöörin töitä... Oletko edelleen kiinnostunut? Vai onko sinulle tarjottu jo jotain muuta?
Riina ei olisi millään halunnut tunnustaa, että hänelle ei todellakaan ollut tarjottu mitään. Mutta jos Raunon ehdotus tarkoitti työskentelyä Niklaksen kanssa, se ei tullut kuuloonkaan. Paras kai puhua suoraan:
– En ole saanut vielä työtä. Haastattelut ovat menneet hyvin, mutta silti ei ole tärpännyt. Minun on kuitenkin pakko sanoa heti kärkeen, että en aio työskennellä Niklaksen kanssa, en missään olosuhteissa. Vaikka hän ratkoisi ongelmansa ja parantaisi käytöstään.
Rauno istui hiljaa ja naputteli kynää pöytää vasten.
– Niin arvelinkin. Olen kuitenkin päättänyt antaa sinulle sen projektin. Niklaksen täytyy nyt selvittää asiansa, ennen kuin hän pystyy töihin. Meillä on paljon muitakin tehtäviä, Niklas tekee sitten niitä, kun toipuu. Ja mikäli hän ei kykene siihen, hän saa toki tehdä omat ratkaisunsa. Mutta en halua antaa hänelle potkuja. Sopisiko se sinulle?
Riina mietti. Rauno tarjosi hänelle työpaikkaa. Unelmatyöpaikkaa. Eikä hänen tarvitsisi olla tekemisissä Niklaksen kanssa.
– Kyllä, ilman muuta otan työn. Kiitos paljon.
He kättelivät. Riinan työsopimus allekirjoitettiin saman tien, ja parin viikon päästä alkaisivat työt.
"Asioilla on taipumus järjestyä". Todellakin. Riina oli niin iloinen, että päätti soittaa äidilleen.

Kuullessaan, että Riina oli saanut työn haluamaltaan alalta, äiti onnitteli lämpimästi. Isäkin huuteli taustalta terveisiä. Kaikki tuntui olevan ennallaan ja hyvin. Vilistä Riina ei kertonut. He ehtisivät tavata, jos suhde tästä etenisi.
Nyt Riinalla oli lomaa. Sitä pitäisi juhlistaa jotenkin. Opiskelut olivat ohi, työpaikka takataskussa ja vieläpä ihana poikaystävä. Häneltä ei tainnut puuttua tällä hetkellä mitään.
Alkuun juhlistamiseen kelpaisi lähileipomon herkullinen sokerimunkki. Mikään ei voita kunnon pullakahveja, vaikka päiväkahviseuraa ei tosin tähän hätään löydy, mietti Riina huvittuneena.
Riina muisteli kiihkeää hetkeä Vilin työhuoneen sohvalla, ja mielihyvän puna nousi hänen poskilleen. Ehkä koskaan ennen elämänsä aikana Riina ei ole ollut yhtä hullaantunut keneenkään. Voiko tämä edes olla totta?

Pullapussi kädessään Riina käveli reippain askelin kotia kohti. Ohittaessaan lähipubia Riina säikähti. Hän näki ikkunasta Niklaksen. Täysi oluttuoppi edessään mies nojasi baaritiskiin. Pahaksi onneksi mies nosti katseensa juuri samalla hetkellä, kun Riina ohitti ikkunan. He tuijottivat toisiaan ehkä sekunnin sadasosan, mutta liian myöhään Riina tajusi, että nyt pitäisi ottaa jalat alleen.
Niklas ryntäsi ovesta ulos raivokkaan oloisena, suoraan Riinan eteen.
– Veit sitten minun työpaikkani! Senkin, senkin...

luuttuaja!

Riina perääntyi taaksepäin, mutta huutava mies ei luovuttanut.

– Kuinka mahdoit kietoa Raunon pikkurillisi ympärille, sanopas se, jos uskallat. Käytit naisellisia aseita, niin varmasti. Mitähän Raunon vaimo mahtaisi siitä ajatella... Ehkäpä kerron hänelle, millainen pikkuneiti firmaan on saatu.

Niklas tuntui olevan aivan sekaisin. Riina ei ollut varma, oliko mies vain humalassa vai oliko kyseessä jotain muutakin. Joka tapauksessa tilanne oli pelottava. Onneksi kadulla kulki ihmisiä. Osa näytti olevan myös kovin kiinnostunut huutavasta miehestä ja merkillisestä näytelmästä.

– Rauhoitu, Niklas... yritti Riina sanoa sovittelevasti.

– Enhän minä mitään työpaikkaa sinulta vie.

– Viethän...

Nyt Niklas lysähti istumaan ikkunalaudalle ja purskahti itkuun.

Tätä Riina ei ollut odottanut. Hän katsoi ympärilleen, ihmiset olivat kaikonneet koska mitään kiinnostavaa, kuten tappelua, ei sitten syntynytkään.

Itkevä mies ei kiinnostanut ketään, se oli vain säälittävää.

Epätietoisena siitä, pitäisikö juosta karkuun vai lohduttaa, Riina seisoi paikoillaan. Kun Niklas näytti vain jatkavan itkuaan eikä näyttänyt hyökkäämisen merkkejä, Riina uskalsi istuutua hänen viereensä. Hän mietti, olisiko noloa tarjota miehelle nenäliinaa. Noloa tai ei, Riina kaivoi laukustaan paperinenäliinan ja tarjosi sitä Niklakselle. Hänen yllätyksekseen Niklas tarttui siihen ja niistää töräytti siihen äänekkäästi.

Äkkiä Niklas näytti tajuavan, missä oli ja kenen kanssa. Hän vilkaisi Riinaa, mutta ei sanonut mitään. Kenties hän jäi odottamaan, olisiko Riinalla ivallisia kommentteja. Nyt naisella oli tilaisuus maksaa potut pottuina.

Mitään sellaista Riina ei kuitenkaan halunnut. Hän näki, että miehellä oli paha olo. Ikävää, että Niklaksen tapa purkaa pahaa mieltä oli tuo, ilkeily ja aggressiivisuus.

Riina nousi lähteäkseen.

– Odota, Niklas sanoi. – Ehditkö istua hetkeksi?

En, Riinan teki mieli sanoa. Hän kuitenkin istui, turvallisen välimatkan päähän.

– Voitko sanoa, antoiko Rauno minulle potkut? Vai taisin itse irtisanoa itseni...

– Ei antanut potkuja. Eikä sitä hirvittävää kohtaustasi voi aivan yksiselitteisesti tulkita irtisanoutumiseksi...

Niklas näytti olevan helpottunut. – Kiitos. Tarvitsen tämän työn. Viihdyn firmassa ja olen hyvä työssäni, vaikka itse sanonkin...

Sieltä se sama Niklas pilkottaa, ajatteli Riina.

– Minulla on ollut hankalaa, vaimon kanssa ei mene oikein hyvin. Hän uhkaa erolla ja aikoo ottaa lapsenkin mukaansa.

Liikaa informaatiota, tuumi Riina, mutta ei sanonut mitään.

- On tullut ryypättyäkin ihan liikaa.
Siitäkin Riina olisi voinut olla täysin samaa mieltä.
Hän ei kuitenkaan voinut asialle mitään. Jos ei mies älynnyt itse muuttua, ei kukaan voinut tehdä sitä hänen puolestaan.
- Rauno sanoi, että olet hyvä työntekijä eikä hän haluaisi luopua sinusta, Riina pakotti itsensä sanomaan.
- Ihanko totta? Niin kyllä olenkin.

Pieni harmistus läikähti Riinan kasvoilla, mutta hän oli silti tyytyväinen, että Niklas näytti olevan jo paremmalla tuulella.
- Riina, Niklas sanoi ennen kuin kääntyi toiseen suuntaan.

Ainakaan hän ei mennyt enää takaisin pubiin. - Tervetuloa taloon.

Jollain tavalla yllättävä kohtaaminen Niklaksen kanssa oli puhdistanut ilmaa. Enää Riinaa ei jännittänyt se, että tapaisi Niklaksen työpaikalla.

Munkit tuoksuivat, paperipussi oli edelleen tiukasti Riinan nyrkissä. Äkkiä Riinalle tuli mieleen hakea Vili päiväkahville. Se jos mikä kruunaisi päivän. Samalla olisi tilaisuus kenties vähän halailla ja suukotella ja ties mitä...

Koska Vilin työhuone oli lähellä, Riina päätti soittamisen sijaan pistäytyä studiolla. Jos näytti siltä, että hän olisi häiriöksi, hän lähtisi saman tien ja söisi munkit yksin.

Vilin autoa ei näkynyt hallissa. Ehkä mies oli tullut tänään pyörällä, kuten oli kehunut tekevänsä silloin

tällöin. Riina meni kuitenkin ovelle ja koputti. Hetken kuluttua ovi avautui, mutta ovella ei ollut Vili vaan pinkkitukkainen nainen. Tämä tuijotti korkeuksista Riinaa aivan kirjaimellisesti nenänvarttaan pitkin. Kumpikaan ei sanonut mitään.
Vaivautuneen hiljaisuuden rikkoakseen Riina tokaisi: – Onko Vili paikalla?
– Ei.
Naisen lähes värittömät, harmaat silmät katsoivat Riinaa kylmästi. Huulissa oli hiusten väriin sopivaa huulipunan sävyä. Miten noin hoikasta varresta syntyy niin täyteläinen ääni? huomasi Riina ihmettelevänsä.
– Koska Vili tulee takaisin?
Pitkän naisen edessä Riina tuntui kutistuvan lilliputiksi, vaikka ei hänkään mikään lyhyt ollut. – Pian. Meillä on töitä. Paljon töitä.
Nainen painotti joka sanaa, kuin Riina olisi ollut joku vähä-älyinen ääliö. Riina yritti piilottaa munkkipussinsa selkänsä taakse. Olisiko mikään nolompaa kuin tyrkyttää pullia kuin mikäkin mummo. Vartalosta päätellen tuo diiva tuskin syö pullia, tarkemmin ajatellen diiva tuskin syö yhtään mitään... Riina ajatteli.
Riinaa harmitti, ja hän oli pettynyt. Kyllä hän ymmärsi, että Vilin täytyi tehdä paljon työtä onnistuakseen. Kilpailu alalla oli kovaa.
Riina ei silti voinut kokonaan välttyä kuulemasta, miten kateuden tai mustasukkaisuuden käärme kuiskutteli ikäviä asioita hänen korvaansa. "Vilillä on

ympärillään liuta kauniita naisia, lahjakkaita ja karismaattisia. Miksi hän katsoisi sinuun, mokoma harmaavarpunen...?"
Nainen seisoi edelleen oviaukossa mykkänä. Ilmeisesti Riina ei ollut tervetullut sisään.
– Jos viitsit, niin kerrotko Vilille, että Riina kävi.
Sanomatta sanaakaan nainen tuuppasi oven kiinni Riinan nenän edestä.
Riina kääntyi kannoillaan ja käveli kotiin. Kotona hän keitti kahvia, söi munkin, söi toisenkin munkin ja oli kaiken kaikkiaan tyytyväinen päiväänsä.

Vili ei soittanut illalla. Se kieltämättä kismitti Riinaa. Jos neiti pinkkitukka oli kertonut Vilille hänen käynnistään, olisi luullut hänen edes kysyvän, mitä asiaa Riinalla oli ollut.
Aamulla kuitenkin Riinan ovikello soi ja sieltä tuli Vili tuoksuvat sämpylät mukanaan. Suukko Riinan vastaheränneelle poskelle oli kevyt ja suloinen.
– Huomenta. Joko söit aamupalan? Poikkesin kotileipomoon ja nappasin meille uunituoreita sämpylöitä.
Mies alkoi touhuta kahvia ja tuoremehua pöytään. Hän hyräili ja hymyili itsekseen.
Epäilyttävän hyväntuulinen heti aamutuimaan, ajatteli Riina kulmat kurtussa. Mistä moinen hyvä tuuli mahtaa johtua... Olisiko onnistunut "sessio" syynä siihen?
Riina ei olisi halunnut olla mustasukkainen stalkkeri, mutta nyt hänen oli ihan pakko kysyä:

– Kertoiko asiakkaasi, että kävin eilen työhuoneellasi?

– Asiakkaani? Vili näytti hetken hämmentyneeltä. – Niin Jasmineko?

– Jos Jasmine on pinkkitukkainen niin sitten Jasmine.

Tietenkin naisen nimi oli "Jasmine". Mikä muu se olisi voinut olla? Ei ainakaan Tyyne tai Marjatta. Tai tavallinen Riina.

– Ei hän sanonut mitään. Olimme studiolla yömyöhään. Varmaan sitten unohti kokonaan.

Vili jatkoi puuhasteluaan. – Oliko sinulla jotain tärkeää asiaa?

Pullakahvit, oliko se tärkeää...?

– Ei...kunhan poikkesin.

Riina istuutui pöytään Viliä vastapäätä. Miten valloittava mies olikaan. Mahtoiko tämä koskaan olla pahalla tuulella tai ilkeä? Riinan piti tunnustaa itselleen, että oli rakastumaisillaan. Mutta miten hän, tavallinen tyttö, voisi kilpailla ihanan Jasminen kanssa? Hän ei osannut laulaa, hänvihasi karaokea, eikä tuntenut laulajia tai bändejä nimeltä. Musiikkia hän kyllä kuunteli mielellään ja myös tanssi.

– Jatkuvatko teillä vielä pitkään työt Jasminen kanssa?

Vili näytti tuumivan. – Ei, muutama päivä. Sitten minun osuuteni on tehty.

Riinan oli pakko kysyä lisää, vaikka pelkäsi nolaavansa itsensä. – Oletteko te tunteneet toisenne jo ennen musiikkijuttuja?

– Joo, pienestä pitäen. Olimme samalla luokallakin melkein koko kouluajan. Mistä arvasit?

Vili hymyili, ja hymykuoppa tuli esiin.

Arvasin, ajatteli Riina kitkerästi. "High school sweethearts". Vanha suola janottaa... Varmaan ovat seurustelleetkin. Uskaltaisiko kysyä, vai olisiko se liian ilmeistä? Riina paljastaisi olevansa mustasukkainen idiootti.

– Varmaan sitten seurustelittekin... Riina sanoi ja yritti saada kepeyttä ääneensä.

– En tiedä voiko sitä seurusteluksi sanoa, vietimme kyllä paljon aikaa yhdessä.

– Vietättekö edelleen paljon aikaa yhdessä? Riinalta lipsahti.

Kysymys kuulosti lähes syytökseltä.

Vili vilkaisi terävästi Riinaan. – Kyllä. Aina kun se vain on mahdollista.

"Aina kun se on mahdollista". Apua. Tuntui kuin Riinalta olisi vedetty matto pois jalkojen alta. Jasmine oli Vilin rakas, ei Riina. Hän kelpasi seuraksi silloin kun Jasmine ei ollut saatavilla.

Riinan pää painui. Itkeä hän ei alkaisi, ainakaan tässä miehen edessä.

Vili huomasi, että jokin oli vialla. – Niin, mehän näemme nykyään tosi harvoin, kun Jasmine asuu Kaliforniassa. Emme ole nähneet vuosiin, mutta hän halusi tehdä ystävänpalveluksen ja tulla laulamaan Suomeen, minun studiolleni.

– Kaliforniassa?

Riinan suu loksahti auki.
– Niin. Jasmine on laulanut yli viisi vuotta bändin solistina ja keikkaillut ympäri maailmaa. Nyt hän kuitenkin yrittää tehdä sooloalbumin. Minun kanssani. Se on onnenpotku, minulle siis. Jasmine olisi voinut valita minkä firman tahansa.
– Ehkä Jasminella on tunteita sinua kohtaan, Riina sanoi hiljaa. – Tarkoitan henkilökohtaisia tunteita...
– Varmasti on. Mutta jos tarkoitat romanttisia tunteita, niin siinä olet väärässä.
Vihdoin Vili näytti ymmärtävän, mistä kenkä puristaa.
– Jasmine on onnellisesti naimisissa bändin kitaristin kanssa. Olen tavannutkin heitä, ja onnellisempaa paria tuskin löytää.
Vili hymyili. – Paitsi me. Sitten kun meistä tulee pari.
Huumaava onnentunne täytti Riinan joka sopukan.
"Meistä tulee pari", sanoi Vili.
– Anteeksi, minulle tuli epävarma olo, kun Jasmine oli minua kohtaan... sanoisinko tyly, silloin kun kävin studiolla.
– Se voi johtua siitä, kun hän on saanut jo vuosia hätistellä faneja kimpustaan. Suomessa hän saa yleensä olla rauhassa. Ehkä hän luuli, että joku juorulehti oli löytänyt hänet ja halusi tehdä kohujutun. Jasmine on varautunut, mutta oikein mukava, kun hänet oppii tuntemaan. Tapaatte varmasti vielä monta kertaa.

Tapaamisella ei ollut kiire, mutta Vilin sanot rauhoittivat Riinan. Nyt hän luotti Viliin.

8

Lomalle

Kävi selväksi, että Vili olisi kiinni töissään ainakin viikon. Koska olisi turhaa roikkua odottamassa Viliä, Riina päätti lähteä vanhempiensa luo. Koko loppukesä menisi luultavasti uuden työn parissa, joten nyt olisi vielä mahdollisuus viettää aikaa kotona. Äiti ilahtui, kun kuuli Riinan tulevan hiukan pitemmäksi aikaa. Jo samana iltana Riina hyppäsi junaan ja matkusti pohjoiseen. Kesä oli kauneimmillaan, vaikka syys lähestyi.

Oli jo myöhäinen ilta, kun juna saapui asemalle. Riina ei ollut raaskinut pyytää isäänsä hakemaan häntä, vaikka isä kuulostikin jo pirteältä. Hän oli päättänyt ottaa taksin ja ajaa sillä kotiin. Tosin näillä seuduilla taksin tilaaminen ei ollut niin yksinkertaista kuin kaupungissa. Autoja ei seissyt tolpalla odottamassa mahdollisia asiakkaita. Auto tilattiin yleensä etukäteen.
Riina kaivoi puhelimensa ja alkoi etsiä numeroa. Asema oli hiljainen. Tähän aikaan kylillä ei liikkunut enää ketään. Jopa harvalukuinen nuoriso oli arki-iltana kotonaan tähän aikaan.

Taksihaku ei löytänyt mitään sopivaa. Riina alkoi hermostua. Pitäisikö hänen soittaa keskellä yötä isälleen, että tämä tulisi hakemaan? Vai kävellä? Kesäyö oli toki kaunis, mutta silti patikointi matkalaukun kanssa ei kiinnostanut.
– Minne matka?
Riina käännähti. Karri oli pysäyttänyt auton hänen kohdalleen. Auton avonaisesta ikkunasta kuului musiikkia.
Riinan tunteet kimpoilivat suuresta helpotuksesta lievään pelästymiseen. Oliko tämä tosiaan niin pieni kylä, että ainoa ihminen keneen törmää, on vanha poikaystävä? Ja melkein joka kerta.
– Kotiin. Tulin iltajunalla. En vain löydä taksin numeroa...
– Hyppää kyytiin, Karri totesi yksioikoiseen tyyliinsä. – Vien sinut.
Hetken emmittyään Riina kiersi auton, pani matkalaukun takapenkille ja istui Karrin viereen.
– Mistä olet tulossa näin myöhään? Riina kysyi.
– Töistä. Perheellisen täytyy yrittää...
Miehen äänensävystä ei voinut päätellä vitsailiko hän vai oliko tosissaan. Niin, Riina muisti viime tapaamisen. Karrin vaimo oli ollut raskaana. Uskaltaisiko kysyä joko lapsi on syntynyt? Ehkä oli parempi olla hiljaa.
– Meille syntyi eilen pieni poikavauva, Karri sanoi ylpeyttä äänessään. – Toinen poika jo.
– Onnea, aivan ihanaa. Äiti ja lapsi voivat hyvin?

Riina oli vilpittömän onnellinen heidän puolestaan. Kenties pieni kateuden pistos tuntui sisimmässä tai haikeus. Kunpa hänkin vielä jokin päivä pääsisi äidiksi.
– Onhan se mukavaa, Karri hymähteli.
Riina ihmetteli miehen pehmeyttä. Jotain oli selvästi tapahtunut.
– Haluan pyytää anteeksi. Käyttäydyin sikamaisesti, kun viime kerralla tapasimme.
Karrin oli selvästi vaikeaa puhua. – Se on vaivannut minua. En uskaltanut soittaa, kun ajattelin että lyöt luurin korvaan. Annathan anteeksi? Olin hiukan sekaisin, oli hankaluuksia siellä sun täällä.
Karri katsoi Riinaa, ja Riina muisti miksi oli aikoinaan rakastunut tähän. Tummien silmien sävy näytti vaihtelevan miehen mielentilan mukaan. Mies oli intohimoinen, tulistui helposti mutta yleensä myös leppyi pian. Luonne oli kenties liian äkkipikainen sopiakseen yhteen Riinan rauhallisen mielen kanssa.
– Tietenkin, olen iloinen, jos asiat ovat nyt paremmin.

Matka sujui mukavasti. Karri kertoi kuulleensa Riinan isän sairaudesta. Pienellä paikkakunnalla toisten asiat tiedettiin. Sillä oli hyvät ja huonot puolensa. Hyvää oli se, että apua sai aina kun sitä tarvitsi.
– Toivon sinulle kaikkea hyvää. Vie onnittelut myös vaimollesi perheenlisäyksestä, Riina sanoi noustessaan autosta.
– Kiitos, kaikkea hyvää samoin sinulle.

Oli kuin suuri kivi olisi vierähtänyt Riinan sydämeltä. Helpotus oli suuri, kun he vihdoin olivat saaneet sovittua Karrin kanssa. Hyvällä mielellä hän asteli portista. Ikkunassa näkyivät isän ja äidin kasvot. Riinaa hymyilytti. Tämä oli täydellinen hetki.

– Tuohan oli Karrin auto, äiti sanoi, kun Riina pääsi sisälle.

– Niin oli. Hän sattui olemaan asemalla, kun pyörin siinä etsien taksia.

Äiti rypisti kulmiaan. Hän tiesi, ettei ero ollut ollut kovin sopuisa.

Riina arvasi, mitä äiti ajatteli. – Kaikki meni hienosti. Saimme sovittua Karrin kanssa. Hänelle on juuri syntynyt vauva, poika.

Äidin kasvot sulivat hymyyn. – Karri on käynyt muutaman kerran auttamassa meitä. Viime kerralla hänellä oli pikkuinen mukanaan, miten herttainen vesseli hän olikaan. Karri oli mainio isä, kärsivällinen ja kiltti.

Kärsivällinen ja kiltti? Karrin on tosiaan täytynyt muuttua edukseen. Kenties lapsi kasvatti luonnetta. Turha itsekeskeisyys jäi pois.

Seuraavat päivät kuluivat haravoidessa, puutarhatöissä, puiden kannossa. He myös lepäsivät ja nauroivat, viettivät aikaa yhdessä, kiireettömästi, ilman paineita.

Kahvia odotellessa Riina selasi puhelintaan.

– Mitä viestiä sinä odottelet sieltä? äiti kysyi.

– En mitään, kunhan näprään.

Riina ei ollut vieläkään kertonut mitään Vilistä.
Riinan vanhemmat olivat yleensä hienotunteisia eivätkä kyselleet Riinan sydämenasioista. Tällä kertaa äiti taisi kuitenkin vaistota jotain:
– Onko sinulla joku kaveri siellä kaupungissa?
Riina punastui. Kuin pikkutyttö hän alkoi sopertaa:
– No, ehkä onkin...
Äitiä nauratti. – Koskas me isän kanssa saamme tavata tämän "kaverin"?
Riinan mielestä oli liian aikaista esitellä Viliä. Sitä paitsi Vilillä oli paljon töitä, Jasminen ja muiden kanssa. Tänne oli niin pitkä matkakin. Kuka jaksoi ajaa tuntikaupalla saati istua junan penkillä...
– Ehkä joskus, Riina vastasi, – jos kaikki sujuu hyvin.
Toivottavasti pian, ajatteli hän ja kaipasi Viliä. Vililtä oli tullut viestejä, ja hän oli soittanut muutaman kerran. Mutta hän antaisi mitä tahansa, jos Vilin nauravat kasvot ilmestyisivät hänen eteensä ja antaisivat suudelman.
Riina sulki silmänsä haaveissaan. Pian hän palaisi kaupunkiin ja he saisivat olla yhdessä kenties koko loppuelämänsä!

Äiti kantoi pöytään vastaleivotut pullat. Juhlavat kahvikupit herättivät Riinan kiinnostuksen.
– Kenen syntymäpäivä tänään on, kun on tassit ja kaikki? Riina kysyi ja kohotteli kulmiaan.
Yleensä päiväkahvi juotiin mukeista. Jokaisella oli oma lempimuki. Äidillä "Maailman paras äiti" -

kuppi. Riina oli ostanut sen äitienpäivälahjaksi kymmenvuotiaana. Isä joi kahvin aina muumimukista, muumipappa oli hänen valintansa. Riinan kupissa oli sydän.

– Varmaan joku täyttää tänään vuosiakin, myhäili isä.

Johan on salaperäistä. Riina ajatteli, että varmaan joku kylän merkkihenkilö on tulossa käymään. Mutta miksi isä ja äiti käyttäytyvät noin oudosti? Vilkaistessaan ikkunasta Riina tiesi miksi. Pihaan ajoi tuttu, musta auto. Riinan sydän hyppäsi kurkkuun. Hän vilkaisi äitiään ja isää, joka näytti pakahtuvan. Hän ei ole koskaan ollut kovin hyvä säilyttämään salaisuuksia.

– Mitä ihmettä..?. Riina ei saanut sanottua mitään muuta.

– Kuka vieras sieltä mahtaa olla tulossa, pitäisikö mennä vastaan?

Äiti epäonnistui täysin yrittäessään säilyttää tyyneytensä. Hän oli revetä innostuksesta, kyllä Riina sen huomasi.

Riina syöksyi ulos ovesta. Vili oli jo puolivälissä polkua kävelemässä taloon. Hän avasi käsivartensa, ja Riina hypähti Vilin syliin. Kuin elokuvissa, ehti Riina ajatella. Näin voi siis käydä ihan oikeassa elämässä.

– Esitteletkö meidät?

Äiti ja isä olivat tulleet ulos.

Riinaa ujostutti. Tämä oli vasta toinen kerta, kun hän toi poikaystävän vanhempiaan tapaamaan. Karri oli ollut tuttu jo entuudestaan, silloin ei jännittänyt ollenkaan.

Isä naurahti. – Eiköhän päästetä tyttö piinasta. Mennään äiti me sisälle, niin saavat jutella rauhassa.

Vastahakoisesti äiti painui sisään. – Tulkaa sitten kahville.

Riina katsoi Viliä eikä tahtonut uskoa silmiään. – Kuinka sinä täällä olet?

– Saatiin Jasminen kanssa homma valmiiksi. Minun osuuteni oli siinä. Loppu on muiden käsissä.

– Ihanaa että tulit. Mutta aikamoisen yllätyksen järjestit.

– Eikö äitisi kertonut, että olen tulossa? Soitin eilen, äitisi vastasi jostain syystä puhelimeesi.

– Vastasiko äiti minun puhelimeeni?

Riina ei tiennyt, että äiti osasi vastata älypuhelimeen. Jotenkin hän oli juoninut, ettei Riina osannut aavistaa mitään.

– Juttelimme siinä jonkin aikaa. Luulin tosiaan, että hän kertoi.

Vili näytti hämmentyneeltä.

– Niin tai näin, nyt olet siinä, ja se on aivan parasta. Lähdetäänkö juomaan kahvia juhlakupeista? Ne otetaan esiin vain aivan erityisissä tilanteissa, vain erittäin korkea-arvoisten vieraiden sallitaan koskea niihin...

– Olenko minä sellainen? kysyi Vili pilke silmäkulmassaan.

– Olet sinä, Riina sanoi ja tarttui Vilin käteen.

Päivä ei olisi voinut mennä paremmin. Vili lumosi Riinan vanhemmat välittömällä olemuksellaan. Riinan oli pakko tunnustaa itselleen, että vaikka he olivat Vilin kanssa tunteneet vasta vähän aikaa, hän oli rakastunut. Kyllä vain. Rakastunut.
Vilillä oli vielä yksi yllätys takataskussaan. – Koska lomasi loppuu pian, varasin meille mökin pariksi yöksi meren rannalta. Voimme lähteä jo tänä iltana, sinne ei aja kauan.
Riina katsoi vanhempiinsa. Pettyisivätkö nämä, jos he lähtisivät jo tänään?
Äiti hymyili. Luultavasti hän tiesi jo asiasta.
Riina pakkasi laukkunsa. He hyvästelivät iloisina.
– Tulkaa taas pian, viimeistään syksyllä. Käydään sienessä, huuteli isä.
Riina heilutti kättään autonikkunasta kuin pieni lapsi. Olo oli haikea, vaikka odottava jännitys kupli pinnan alla. Hän oli siellä missä pitikin, Vilin rinnalla.

He lähtivät ajamaan etelään. Navigaattorista kuului salaperäisiä ohjeita: käänny vasemmalle, käänny oikealle... Aja viisi kilometriä...
Tie kapeni kapenemistaan, kunnes se oli melkoista metsäpolkua. Minkälainen savupirtti määränpäässä mahtaa odottaa? mietti Riina. Ihan sama, oli sitten vaikka teltta tai muu hökkeli, Vilin kanssa sekin olisi aivan mahtavaa. Oli kutkuttava ajatus saada pitää Vili kokonaan itsellään kaksi päivää. Hän katsoi miestä, joka ajoi otsa rypyssä, kuoppia väistellen.

Maasto oli kieltämättä haastava.
Yhtäkkiä heidän eteensä avautui leveä asfalttitie.
Onpa outoa, mietti Riina. Ja oliko tuo helikopterikenttä? Kuinka monella piilopirtillä tarvitaan helikopterikenttää? Puiden takaa häämötti meri. Meidän täytyy olla lähellä, tuumi Riina uteliaana. "Kameravalvonta" luki kyltissä. Tämä on jokin venäläisten oligarkkien tukikohta, pälkähti Riinan päähän. Ei kai Vilillä ole yhteyksiä mafiaan...?
Pian silmien eteen avautui maisema kuin satukirjasta. Riinalta pääsi huokaus: Miten kaunista!
Aurinko oli laskemassa. Meri välkehti punaisena ja keltaisena. Pilvetkin hehkuivat sateenkaaren väreissä.
He astuivat ulos autosta ja vain tuijottivat. Maisema oli kuin maalaus. Tuollaista luonnonilmiötä näkee harvoin, jos koskaan.
Vili tarttui Riinan käteen ja johdatti hänet huvilalle. Se oli kaksikerroksinen, suuri rakennus ja muistutti lähinnä hotellia eikä mitään "mökkiä".
– Mitä ihmettä...?
Riina ei saanut hämmästykseltään sanottua oikein mitään. Oikeastaan hän epäili, että he olivat ajaneet harhaan ja kohta sisältä ryntäisi joku haulikon kanssa ajamaan heidät tiehensä.
Vili meni kuitenkin rohkeasti terassille, naputteli jonkin koodin oveen ja avasi oven.
– Neiti on hyvä, Vili kumarsi ovella kuin paraskin hovimestari.
Riina astui sisään hulppeaan rakennukseen. Jos ul-

kopuoli oli pramea, eivät sisätilatkaan olleet mitkään vaatimattomat. Äkkiseltään näytti siltä, että valtavassa olohuoneessa oli ensinnäkin kaikki maailman elektroniikka valtavan kokoisine tv-ruutuineen ja äänentoistolaitteineen.

– Mikä paikka tämä oikein on?

Riina ei ollut koskaan nähnyt vastaavaa.

Vili hymyili. – Tunnustan heti, että minä en omista tätä lukaalia, jos niin luulit. Eikä tämä toden sanoakseni vastaa mielikuvaani kesämökistä. Vaatimattomampi pirtti olisi enemmän mieleeni.

Vili käveli jääkaapille, otti sieltä kuohuviinipullon, avasi sen ja kaatoi laseihin. – Mutta sinun kanssasi, Riina, siedän tällaistakin epämukavuutta.

Vilin virnuilu oli aseistariisuvaa. He kallistivat maljat ja suutelivat.

Riinalle oli sillä hetkellä yhdentekevää, vaikka Vili olisi murtautunut huvilalle. Tämän miehen kanssa hän olisi valmis vaikka mihin. Viekööt muut hänet vaikka vankilaan, jos halusivat. Tätä onnen hetkeä ei kukaan voi viedä pois, koskaan.

He istahtivat terassille ihailemaan lumoavaa maisemaa.

– Tämä on Jasminen bändin levy-yhtiön huvila. Toivottavasti Jasminen nimen mainitseminen ei pilaa tätä hetkeä, Vili kiusoitteli.

Riina mulkaisi Viliä muka vihaisena, mutta edes Jasmine ei saanut täydellistä hetkeä pilalle.

– Oletko ollut täällä usein? Riina kysyi ja näki jo sielunsa silmillä, miten rock-tähdet pitivät villejä

bileitä yötä myöten, Vili siellä seassa, bikiniasuisten naisten ympäröimänä.
– Vain pari kertaa. Tänne on aika pitkä matka. Täällä käy paljon musiikkiväkeä, pääasiassa ulkomailta, myös talvisin. En ollenkaan ihmettele, luonto varmasti inspiroi luovia ihmisiä. Kuva televisioita ulos ikkunasta viskovista rokkareista on aikansa elänyt... Mutta onneksi nyt huvila oli pari päivää vapaana.
Riinan kokemus kesämökeistä oli aika yksipuolinen: ulkohuussi, miljoona hyttystä, vesi kannettiin järvestä ja saunaa lämmitettäessä tupa täyttyi savulla. Huh! Tämä ei ollut yhtään sinnepäinkään.
– Kiitos. Kiitos, Vili, että toit minut tänne.
Koska talon antimet olivat heidän käytössään, he söivät hyvin ja avasivat toisenkin pullon viiniä.
Pian aurinko meni mailleen ja hämärä laskeutui. Vili johdatti heidät yläkertaan, missä makuuhuoneesta avautuva näköala merelle oli vaikuttava. Koko seinä oli lasia. Vaikuttava oli myös valtava vuode keskellä huonetta. Se oli pedattu valmiiksi ja näytti kutsuvalta. He katsoivat toisiaan syvälle silmiin. Muu maailma katosi sillä hetkellä, oli vain tämä hetki ja kaksi rakastavaista.

Seuraavana aamuna Riina heräsi alakerrasta kuuluvaan kolinaan. Hän tunsi itsensä nälkäiseksi ja kömpi pystyyn upottavasta sängystä.
– Vai leikkisinkö nukkuvaa ja odottaisin, että prinssini tuo minulle aamiaisen vuoteeseen...? Pyh! Olen varmaan katsonut liikaa romanttisia elokuvia.

Portailla Riina pysähtyi hetkeksi tarkkailemaan alhaalla puuhastelevaa Viliä. Miten hellyttävältä tämä näyttikään tummat kutrit sekaisin, samalla näky oli hyvin viettelevä ja seksikäs. Riina hymyili itsekseen. Hän laskeutui alas ja riensi halaamaan miestä.
He ottivat aamiaistarvikkeet mukaansa ulos, päivästä tulisi lämmin. He istuivat hiljaa, kahvia juoden ja luonnon kauneudesta nauttien. Lintujen kilvanlaulanta oli parhaimmillaan aikaisin aamulla. Meri välkehti,, ja muutama purjevenekin näytti lipuvan kaukana ulapalla.
– Oletko kertonut meistä Monikalle? Riina kysyi äkkiä. – Siis siitä mitä on tapahtunut nyt viime aikoina? tarkensi Riina.
– Ai mitä sitten on tapahtunut viime aikoina...?
Vili kuiskasi Riinan korvaan ja hyväili Riinan kaulaa.
– On kai tässä jotain tapahtunut... Riina naurahti ja antoi suukon.
– Monika taisi tietää meistä ennen kuin me itse tiesimme meistä, Vili myhäili. – Ei se ollut sattumaa, että juuri sinä tulit "opastamaan" minua sinne siivouspaikkaan.
Riina oli alusta asti tullut hyvin toimeen Monikan kanssa. Mutta että bonuksena tuli vielä ihastuttava veli... Onneksi Riina sattui menemään juuri tähän firmaan.
– Onko sinulla ollut paljon tyttöystäviä tai suhteita aiemmin? Riina kysyi ja pelkäsi vastausta.

Tietenkin Vilillä olisi ollut tyttöjä pilvin pimein.
Tuollainen uskomaton komistus tuskin saisi rauhaa
kimpussaan hyöriviltä naisilta.
– Muutamia. Luultavasti olen kuitenkin liian nössö
naisten makuun, ei niistä suhteista syntynyt mitään,
Vili sanoi vaatimattomasti. – Tytöt taitavat tykätä
karskimmista miehistä. Kouluaikana minua kiusattiinkin jonkun verran, kun olin paljon tyttöjen seurassa. Tai tytöt olivat minun seurassani, kuinka vain.
Ja teini-iässä autoin paljon Monikan firmassa. Työnteolta ei jäänyt paljon vapaa-aikaa hurvitella. Joitakin seurusteluyrityksiä toki on ollut. Entä sinä?
Riina kertoi suhteestaan Karriin.
– Olimme yhdessä monta vuotta. Ajattelin, että erotessani Karrista en enää koskaan löydä ketään. Meidän oli tarkoitus viettää loppuelämä yhdessä. Eroaminen oli vaikeinta, mitä olen koskaan joutunut tekemään. Ja silti se oli pakko tehdä.
Riinalle tuli äkkiä mieleen kammottava ajatus. Entä
jos Vilinkin kanssa asiat ajautuvat umpikujaan ja he
eroaisivat? Eihän hän tuntenut tätä ihmistä ollenkaan. Ties mitä luurankoja Vilin kaapista löytyisi
kun aikaa kului. Nyt tyttö järki käteen, muistutti
Riina itseään.
Ja kun hän katsoi Vilin hymyileviin kasvoihin, kaikki epäilykset katosivat.

Liian pian kului päivä ja toinen. Piti palata arkeen,
Riinaa odotti uusi työpaikka. Viliä jännitti Jasminen
levyn saama vastaanotto. Siitä riippuisi paljon – oli-

ko studiolla tulevaisuutta vai ei.
Haikein mielin he jättivät hyvästit paratiisille.
Matkalta palaaminen on aina kurjaa. Menomatkalla kuplii iloinen odotus, paluumatka on hiljainen ja hiukan alakuloinen. Onneksi Riina sai viettää tämän ajomatkan Vilin kanssa.
Vili jätti Riinan ovelle, mutta ei tullut sisään. Riina oli pettynyt, mutta ymmärsi, että Vili halusi mennä tarkistamaan työasiat heti.
Riina soitti kotoa äidille ja kertoi, missä ihanassa paikassa he olivat olleet.
– Melkoinen poika se Vili, äidin tyytyväinen ääni ilahdutti Riinaa. – Eipä tuollaisia kasva joka puussa – tai metsässä, nauroi äiti. – Mukavaa, että löysit itsellesi kaverin.

Riinan olo oli levoton. Huominen työpäivä jännitti enemmän kuin hän oli osannut odottaakaan. Entä jos hän ei osaisi mitään? Samalla hän tulisi pettäneeksi Rauno Heikkisen odotukset, vanhempiensa odotukset ja omat odotuksensa. Niklaksen julmat sanat osoittautuisivat todeksi.
Vaistomaisesti Riina hakeutui piirongin laatikolle, otti esiin rakkaan korurasiansa ja nosti hellästi esiin riipuksensa. Safiiri kiilteli tänään enemmän sinertävänä kuin turkoosina. Ympärillä olevat timantit kimmelsivät kuin tähdet. Jotenkin korun pelkkä katseleminen loi Riinaan itseluottamusta, toivoa ja iloa. Niin kauan kuin hänellä olisi rakas korunsa, hänellä ei olisi mitään hätää. Murheita tuli ja meni, mutta

niiden vangiksi ei saa jäädä. Riina oli selvinnyt opiskelusta, asuntolainasta, Karrista, isän sairaudesta, työnhausta... ja mitä vielä olikaan edessä.
Hän oli saanut haaveidensa työpaikan ja mahdollisesti löytänyt kumppanin, rakkaan. Enemmän, kuin vielä vähän aikaa sitten uskoi koskaan saavansa.

Vili soitti illalla. Hän oli vaitonainen levyn edistymisestä, ja Riinaa alkoi huolestuttaa, että sen kanssa oli tullut ongelmia. Riina tiesi miten tärkeä tämä sopimus oli Vilille. Siitä riippui koko hänen ja hänen studionsa tulevaisuus. Hän ei kuitenkaan udellut asiasta. Vili kertoo sitten kun haluaa.
Riinalla oli ikävä Vilin lähelle. Hän olisi vain halunnut käpertyä tämän kainaloon ja unohtaa huomisen päivän. Hän tyytyi kuitenkin toivottamaan hyvää yötä.

9

Mutkikkaita työkuvioita

Huonosti nukutun yön jälkeen aamu tuli liian pian. Riinaa väsytti ja jännitti, ja oikeastaan hän olisi voinut vaikka oksentaa vessanpönttöön. Olisipa voinut hypätä tämän päivän yli heti seuraavaan. Mutta ei voinut.
Riina pakotti itsensä syömään aamiaisen, joi kahvia,

meikkasi kevyesti ja lähti matkaan. Härkää sarvista, sanoisi isä.

Polvet tutisten, ainakin henkisesti, Riina astui sisään Green Futuren toimistoon. Jaana oli jo työn touhussa, hän tervehti iloisesti Riinaa kuin tämä olisi ollut siellä töissä jo vuosikausia. Ja olihan Riina ollutkin, ainakin muutaman kuukauden. Riina meni Rauno Heikkisen huoneeseen, ovi oli auki.

– Huomenta, Riina sanoi huoneessa olijoille.

Niklas vilkaisi Riinaa, mutisi huomenet, mutta ei kommentoinut mitään sen enempää. Hän näytti olevan syventynyt papereihinsa. Riina ei voinut olla huomaamatta, että Niklaksella oli edelleen sormus sormessaan. Mahtoiko Niklas saada asiansa kuntoon perheensä kanssa? Toivottavasti.

– Huomenta Riina ja tervetuloa töihin, Rauno Heikkinen sanoi yhtä iloisesti kuin aina. – Eiköhän aloitella, meillä on paljon tehtävää.

Alkuun päästyään Riinaa ei pidätellyt mikään. Hän tiesi osaavansa. Riina oli niin innostunut ja työn imussa, että Raunon piti koputtaa häntä olkapäähän ja sanoa, että nyt lähdetään kotiin.

– Huomenna on uusi päivä. Ei kaikkea tarvitse saada tänään valmiiksi, nauroi Riinan kultainen pomo.

Kevyin askelin Riina lähti kotiin. Enää hän ei epäillyt, etteikö pärjäisi uudessa työssään.

Vilin kadulle parkkeerattu musta auto näkyi jo kauas, Vili odotti häntä. Päivä muuttuu koko ajan paremmaksi, ajatteli Riina eikä voinut olla hymyilemättä. Puolijuoksua hän viiletti kohti kotia ja pyrähti

Vilin kaulaan. Miten ihanalta mies tuoksui, tuntui ja
näytti. Riina ei olisi halunnut päästää irti ollenkaan.
– Kiva kun tulit, mennään sisälle, sanoi Riina iloisesti.
– Työssä oli aivan mahtavaa. Kaikki meni hyvin,
vaikka pelkäsin ihan hirveästi.
Riina pulputti kaikenlaista projektistaan eikä huomannut,
että Vili oli oudon hiljainen.

Sisälle päästyään Riina tarjosi heille maljat. – Jääkaapissa
oli vain kokista, mutta se kelpaa: Onnea
meille, menestyneille!
Riina oli janoinen ja kulautti lasin tyhjäksi. Vili sen
sijaan pani lasin pöydälle.
– Kuule, minun on kerrottava sinulle jotain.
Vilin ääni ja vakava ilme kouraisivat vatsasta. Riinasta
tuntui kuin hän olisi saanut sangollisen jääkylmää
vettä päälleen. Näinkö pian onni kääntyy?
Riina huomasi ajattelevansa. Yin ja Yang, hyvä ja
paha, niinpä tietenkin. Mutta eikö hänelle suotu onnea
edes muutamaksi päiväksi, tai vaikka viikoksi...?
Kuukausi olisikin jo ollut lottovoitto.

He istuivat sohvalle. Riina ei uskaltanut sanoa mitään,
mutta hän arvasi, että jotain oli tulossa. Vili ei
ollut koskaan ollut noin vakava. Hymykuoppakin
pysyi piilossa. Hiukset olivat kasvaneet hiukan liian
pitkiksi, ja itsepäinen kihara yritti pudota silmien
eteen. Voi miten tuo mies olikaan tullut Riinalle
rakkaaksi. Se teki melkein kipeää.

– Onko kyse levystä? Riina rikkoi hiljaisuuden.
Jokin oli kuin olikin varmasti mennyt pieleen, ja nyt Viliä odotti konkurssi. Mies palaisi siivoamaan ja olisi katkera lopun ikäänsä. Ehkä tämä päättäisi jättää Riinan ja etsiä sopivamman naisen. Näinkö tässä sitten kävi...?
– Riina, ehkä uskallan sanoa jo tässä vaiheessa, että levy taitaa olla menestys. Tai siitä tulee menestys. Erittäin todennäköisesti.
Vili näytti edelleen maansa myyneeltä, ja Riina epäili korviaan, kuuliko hän nyt ihan oikein.
– Sanoitko "menestys"? Riina varmisti ja näytti epäuskoiselta.
– Kyllä, menestys, eikö ole mahtavaa? Kaikki minkä eteen olen tehnyt työtä ja unelmoinut, on nyt toteutumassa. Uskomatonta!
Ja edelleen mies näytti siltä kuin joku olisi kuollut. Jokin meni nyt Riinalta ohi. Minkä takia Vili oli tuollainen jos kaikki meni juuri kuin hän oli toivonut? Menestys odotti oven takana, miehen pitäisi hihkua riemusta.
Vili otti Riinan kädet käsiinsä ja katsoi tätä silmiin. Voi noita suloisia silmiä, niin siniset kuin hänen safiirinsa, ehti Riina ajatella, mutta palasi pian tähän hetkeen ja pahat aavistukset täyttivät hänen mielensä.
– Asiaan liittyy yksi "mutta", aloitti Vili. – Minun täytyy lähteä Amerikkaan, mukaan kiertueelle. Ainakin näin aluksi, kunnes asiat saadaan rullaamaan. Lennän heti huomenna Los Angelesiin Jasminen

kanssa.

Riinasta tuntui, että hänen elämänsä vilisti filminauhana silmien ohi. Oli aivan kuin häneltä olisi lyöty keuhkoista ilmat pihalle. Hän tunsi surua ja ikävää, vaikka toinen vielä istui hänen vieressään.

– Sano jotain, Vili pyysi ja halasi Riinaa.

Riina ei saanut sanottua mitään. Hän pelkäsi, että purskahtaisi itkuun, jos avaisi suunsa.

– Kuinka kauan olet poissa?

Riinan ääni värisi.

Eihän Riina halunnut olla mikään piipittävä riippakivi, kyllähän hän nyt pärjäisi muutaman päivän ilman Viliä. Oikeasti hän iloitsi Vilin puolesta. Vihdoin mies pääsi tekemään sitä mitä osasi ja halusi. Kuten hän itsekin.

– En ole vielä varma, Vili sanoi. – Luultavasti muutaman kuukauden. Puoli vuotta korkeintaan. Voi mennä vuosikin. En tiedä. En haluaisi lähteä pois luotasi, Riina.

Nyt Vili näytti olevan itkun partaalla.

Kuukausia, puoli vuotta, vuosi... ehkä Vili ei tule enää takaisin ollenkaan, Riina ajatteli villisti. Hän perustaa studion Kaliforniaan. Liikkuu julkkisten ja poppareiden kanssa. Menee naimisiin jonkun nousevan tähden kanssa, joka on kuvankaunis, rikas ja lahjakas. Epäilemättä suomalainen insinööri ei sovi suihkuseurapiirien loistokkaaseen elämään.

Lopulta molemmilta tuli itku. Loppuillan he vain kietoutuivat toisiinsa. Mitään sanottavaa ei ollut. Riina ei halunnut painostaa Viliä mihinkään. Jos tämä olisi heidän viimeinen yhteinen iltansa, olkoon niin. Riina oli onnellinen niistä monista onnenhetkistä, mitä oli jo tähän mennessä saanut.

Aikaisin aamulla he hyvästelivät toisensa. Mitään lupausta seuraavasta tapaamisesta ei tehty. Vili lupasi soittaa ja kertoa kuinka menee. Edes se hänelle jäi, mutta jos uusi elämä Amerikassa veisi Vilin mennessään, Riina ei halunnut olla esteenä.

Jotenkin Riina selvisi työpäivästä, vaikka itku oli koko ajan herkässä. Onneksi hän sai olla omissa oloissaan, punaiset silmät olisivat paljastaneet hänet työkavereille heti. Hän yrittä keskittyä työhönsä ja ajoittain onnistuikin hetkeksi unohtamaan Vilin. Kotimatka ei sujunut enää kuin lentäen. Tänään ei olisi mustaa autoa odottamassa. Ei Vilin nauravaista suuta suutelemassa. Hänen elämänsä rakkaus liiteli taivaalla kohti uutta uraa.

Ruoka ei maistunut. Riina päätti mennä sänkyyn lepäämään, mutta purskahti saman tien itkuun. Näin hirveältä hänestä ei ole tuntunut sitten yläasteen ensirakkauden.

Illalla Vili soitti, että oli päässyt perille. Taustalta kuuluva meteli paljasti, että talossa oli menossa juhlat. Riina yritti kuulostaa mahdollisimman reippaalta ja lopetti puhelun lyhyeen. Vilin äänen kuuleminen oli tuskallista. Mies oli toisella puolella maapalloa. Riina tunsi pienen mustasukkaisuuden pistoksenkin, ja se jos mikä oli outoa. Karrin kanssa oli ollut tuttua ja turvallista. Ehkä hän sitten ei ollut edes rakastanut

Karria? Tai ainakin se oli ollut erilaista, ei tällaista hullaantumista kuin nyt. Riinaa koski joka paikkaan, ihan fyysisestikin. Hän muisteli lukeneensa jostain, että särkyneeseen sydämeen voi jopa kuolla. Se vasta olisikin ollut jotain.

Puhelin havahdutti Riinan ankeista mietteistä. Monika?

– Hei, Riina vastasi turhankin reippaasti.

– Hei.

Monikan miellyttävä ja ystävällinen ääni toi lohtua Riinalle. Monika oli sentään hänen rakkaansa sisar.

– Ajattelin kysyä, kuinka voit? Tässä tapahtuu asioita niin vauhdilla, ettei perässä pysy.

– Ihan hyvin voin.

Riina ei halunnut paljastaa, miten pohjamudissa uiskenteli. Hän oli aina ollut järkevä viilipytty Monikan silmissä, miksi horjuttaa mielikuvaa nytkään.

– Ajattelin kun Vilin lähtö tuli niin äkkiä. Olen itse ainakin ihan sokissa.

– Totta. En odottanut mitään tuollaista, sanoi Riina vaisusti. – Mutta onhan se mahtava tilaisuus Vilille. Tuosta voi aueta pitkä ja loistava ura musiikkialalla.

– Olisin mieluummin nähnyt teidät kaksi perhettä perustamassa, jos totta puhutaan. Mutta tuleehan se Vili sieltä takaisin.

Tuleeko? teki Riinan mieli sanoa, mutta hän ei halunnut pahoittaa Monikan mieltä. Monika kertoi, että he suunnittelivat Pekan kanssa häitä, pikaisella aikataululla.

– Ei tässä parane odotella, Monika virkkoi, mutta

äänestä kuuli, että nainen oli onnellinen.

– Hauskaa, pakotti Riina itsensä sanomaan, vaikka se oli vaikeaa, kun oma orastava parisuhde näytti hajoavan atomeina ilmaan.

Oli silti piristävää kuulla Monikasta, ja Riinaa ilahdutti, että hänet huomioitiin ikään kuin tyttöystävän ominaisuudessa.

Hädin tuskin oli edellinen puhelu loppunut, kun puhelin soi taas. Äiti. Eipä aikaakaan, kun puhe kääntyi Viliin.

– En häiritse pitkään, jos sinulla on siellä seuraa, äiti sanoi muka arvoituksellisesti.

Riina purskahti itkuun. – Vili lensi Amerikkaan eilen. En tiedä, koska hän tulee takaisin, vai tuleeko koskaan.

Äiti selvästi pelästyi. Hän ei ollut kuullut tyttärensä itkevän edes silloin, kun he erosivat Karrin kanssa.

– Rauhoitu tyttö hyvä. Näin teidät yhdessä ja olen varma, että Vili pitää sinusta. Paljon.

Äiti osasi sanoa aina oikeat sanat. Puhelun jälkeen Riinasta tuntui jo paljon paremmalta.

Loppuviikko oli kiireistä töissä. Maanantaina pitäisi olla alustava suunnitelma valmiina, se pitäisi esitellä ryhmälle. Työ asetti haasteita Riinalle. Hänellä ei ollut juuri kokemusta, ja olisi jokseenkin noloa pyytää apua Rauno Heikkiseltä. Mikä neuvoksi? Kuin vastauksena rukouksiin Niklas koputti Riinan oveen.

– Tarvitsetko apua?

En, olisi Riina halunnut tokaista, mutta hän tarvitsi apua, kipeästi. Riina vilkaisi Niklasta. Hän yritti arvioida millä mielellä mies oli. Nyt oli kuitenkin sen verran tiukka paikka, että oli pakko niellä ylpeytensä.

– Kiitos, tarvitsen kyllä. Olen aika jumissa tämän tuulivoiman sijoittamisen kanssa... osan olen saanut tehtyä.

Riina vilkaisi miestä alta kulmain. Oliko Niklaksella ivallinen ilme? Alkaisiko hän nauraa ja herjata häntä siivoojatytöksi tai joksikin?

Mies näytti kuitenkin aivan rauhalliselta, ihme kyllä. Normaalilta ihmiseltä. Ei jälkeäkään tuoleja paiskovasta härskistä kiukkupussista. Söiköhän Niklas jotain rauhoittavia...? huomasi Riina miettivänsä. Silti oli hiukan kiusallista istua Niklasta vastapäätä. Mies tuoksui edelleen hyvältä ja oli pukeutunut tyylikkäästi, varsin komea kaiken kaikkiaan. Silti mies oli jollain lailla aikuisempi kuin ennen.

– Oli minullakin opettelemista alussa.

Niklas neuvoi ohjelman, millä sai laskettua Riinan tarvitsemat luvut. Ja pian työ alkoi taas edetä.

– Kiitos paljon, sanoi Riina ja tarkoitti sitä.

Niklaksen neuvot olivat erinomaisia. Rauno Heikkinen oli oikeassa, Niklas oli arvokas työntekijä firmalle.

– Mitä sinulle kuuluu, oletteko yhdessä tämän siivousherran kanssa?

Riina ei ollut varautunut small talkiin Niklaksen kanssa, kysymys tuli hänelle aivan yllätyksenä. Het-

ken Riinan piti miettiä, mitä sanoisi. Hän päätti olla rehellinen.
– Vili lähti Amerikkaan tekemään bisneksiä. En tiedä, koska hän tulee takaisin Suomeen.
Riinan ääni särkyi lopussa. Ei jäänyt epäselväksi, että asia oli arka.
– Olen pahoillani, Niklas sanoi ja lähti huoneesta.
Olisiko Riinankin pitänyt kysyä, onko Niklas selvittänyt asiansa vaimonsa kanssa? Miehen rauhoittuneesta olomuodosta voisi päätellä, että oli. Se oli hyvä.

Illalla Vili soitti lyhyen puhelun. Kaikki kuulosti menevän suunnitelmien mukaan. Riina varoi kysymästä, milloin Vili mahdollisesti olisi palaamassa Suomeen. Se voisi kuulostaa painostamiselta, ja siihen Riina ei halunnut alentua. Silti Vilin äänen kuuleminen teki kipeää. He olivat olleet erossa vasta viikon verran, ja se tuntui ikuisuudelta.
Päivät kuluivat, ja työn imussa Riina ei ehtinyt haikailla Viliä. Kotona ikävä iski – ja usein Vilin puhelun jälkeen Riina purskahti itkuun.

Tänään töistä palatessa Riinaa odotti kirje. Se oli koristeltu kauniisti, hääkutsu. Monikan ja Pekan häät olisivat elokuun alussa. Silloinhan Vili palaisi Suomeen? Riinan sydän sykähti. Pakkohan Vilin on tulla sisarensa häihin, eikö niin? Siihen olisi enää reilu kuukausi, laski Riina.
Silloin olisi mahdollisuus viettää edes pari päivää

yhdessä. Tyhjää parempi sekin, mietti Riina. Häät olivat iloisia juhlia. Iloa varjostaisi se, että hänen olisi luovuttava rakkaastaan taas juhlien jälkeen.

Vili soitti illalla, ja he puhuivat Monikan häistä.
– Oletko avecini? kysyi Vili ihan kuin siinä olisi mitään epäselvää.
– Katselen ensin, tuleeko parempia tarjouksia, vastasi Riina, ja he nauroivat.

Green Futuren projekti oli edistynyt siihen vaiheeseen, että ryhmän piti lähteä maastoon tutkimaan voimalan toteutusta. Rakentaminen alkaisi jo syksyllä. Rauno Heikkinen kutsui Riinan huoneeseensa.
– Näyttää siltä, että sopeutunut hyvin joukkoon, Rauno sanoi hyväntuuliseen tapaansa.
– Kyllä, työkaverit auttavat tarvittaessa, porukka on tosi hyvä.
– Kuinka olet pärjännyt Niklaksen kanssa?
Suorasukainen kysymys häkellytti Riinaa. – Oikein hyvin. Niklas on auttanut minua muutamassa ongelmassa.
– Eikä ole ollut mitään "häiriöitä"... meidän firmassamme ei suvaita minkäänlaista häirintää, ymmärrät varmaan mitä tarkoitan, Rauno sanoi vakavana.
– Ei mitään, kaikki on mennyt tosi hyvin.
– Sitten varmaan uskallan laittaa sinut Niklaksen kanssa yhdessä maastoon. Uskon, että oppisit Niklakselta paljon. Hänellä on kokemusta ja tietoa. Voitte lähteä heti. Ota mukaan tarvittavat varusteet,

saappaat ainakin. Luultavasti tulette takaisin vasta illalla myöhään.
Riinaa alkoi jostain syystä jännittää. Pari tuntia autossa kahden kesken Niklaksen kanssa...? Mitä jos Niklas saisi taas jonkin kohtauksen? Tai olisi ilkeä? Sellaisesta ei kuitenkaan ole ollut mitään merkkejä.

He tapasivat parkkipaikalla. Niklaksella oli suuri, valkoinen BMW, katumaasturi. Tietenkin autoa voi jotenkin perustella työn vaatimalla "maastoajolla". Todennäköisempää oli, että näyttävä auto oli egon jatke. Toisaalta, olihan Vililläkin hieno auto ja sekin oli työkalu. Ehkä Riina oli nyt vain puolueellinen ja epäreilu.
Riina kipusi autoon. Niklas oli hyvä kuski, ehkä liian äkkinäinen ja ajoi liian kovaa rauhallisen Riinan mielestä. Matka sujui kuitenkin joutuisasti.
He olivat pääasiassa hiljaa. Riina katseli ikkunasta kaunista kesämaisemaa. Vili palasi mieleen, mitähän Amerikassa tapahtui juuri nyt? Enää kuukausi, ja Riina tapaisi jälleen rakkaansa.
– Katsotko papereista, miten iso se alue olikaan? Niklas rikkoi hiljaisuuden. – Mietin vain, kuinka pian pääsemme lähtemään takaisin. Minulla olisi menoa illalla.
Riina yllättyi. Tuohan oli melkein "avautumista". Aikoiko mies paljastaa, mikä meno hänellä kenties oli?
Riina kaivoi salkustaan projektin paperit ja tutki niitä tarkasti.

– Sää on mitä parhain, aurinko paistaa eikä sada, uskoisin, että jos olemme rivakoita ja kävelemme reippaasti, saamme mittaukset tehtyä muutamassa tunnissa.

Riinan teki mieli lisätä että "mehän olemme molemmat erinomaisessa kunnossa", mutta ei uskaltanut. Hän ei vielä luottanut Niklaksen huumorintajuun, eikä halunnut turhaan ärsyttää tätä. Niklas ei välttämättä ollut ihan niin hyvässä kunnossa kuin Riina.

Uskaltaisiko kysyä, mikä meno miehellä oli? Toivoiko mies, että Riina kysyisi, oliko Niklas siksi sanonut asiasta?

Hän kysyisi paluumatkalla. Jotain puhuttavaa olisi keksittävä sinnekin. Loppumatkan he suunnittelivat, miten onnistuisivat parhaiten työssä. Niklaksella oli hyviä vinkkejä. Edessä olisi kuitenkin rankka päivä.

Päivä totisesti oli paljon rankempi mitä Riina oli uskonut. Eikä Niklaksella ollutkaan niin huono kunto, mitä Riina oli luullut. Mies porhalsi maastossa menemään kuin höyryjuna. Riinalla oli täysi työ pysytellä kintereillä. Oksat ja risut raapivat ihoa. Pari kertaa Riina pyllähti nurin mättäällekin.

Kun he lopulta saivat kaikki mittaukset tehtyä, oli jo myöhäinen iltapäivä. Riina oli aivan poikki. Hän oli hikinen ja likainen. Jalkoja särki, ja kädet olivat makaronia. Niklas sen sijaan näytti siltä kuin olisi voinut lähteä illanviettoon siltä istumalta. Ei hikipisaroita, tukka hyvin, hän keräsi raskaat tarvikkeetkin yksin autoon sillä aikaa kun Riina veti henkeä, puhkui ja puhisi.

Riinan oli pakko nostaa Niklakselle hattua. Hän luuli siivoustyössä saaneensa loistavan kunnon, ja kävipä hän lenkilläkin silloin tällöin. Mutta niin vaan Niklas oli päihittänyt hänet mennen tullen.
He nousivat autoon, ja Niklas lähti liikkeelle. Hän vilkaisi Riinaa sivusilmällä selvästi huvittuneena.
– Älä sure, tämä on tekniikkalaji. Opit vielä.
Riina tuijotti eteensä aivan lyötynä, tukka pystyssä. Taisi muutama risukin pilkistää hiusten seasta. Tämä oppitunti oli ollut kullanarvoinen. "Älä aliarvioi vastustajaasi", Riina ajatteli. Niklas ei varsinaisesti ollut hänen vastustajansa, mutta Riina oli silti saanut opetuksen. Nöyränä hänen oli pakko tunnustaa kokeneen työtoverinsa etevyys.
– Olen ihan tööt, Riina huokaisi. – Joka paikkaa särkee. Sinulla taas ei näytä olevan mitään hätää. Voisit kipaista varmaan vielä lenkille päivän päätteeksi.
Taidan olla ihan onneton tunari, Riina sanoi apeasti. Niklas näytti nauttivan tilanteesta. Kunpa hän nyt ei alkaisi laukoa mitään kommentteja Riinan huonoudesta. Jos vanha Niklas pääsisi vauhtiin, matkasta tulisi pitkä. Riinan olisi varmasti silloin pakko hypätä pois kyydistä ja tulla loppumatka bussilla.
– Hyvin sinä pärjäsit ensikertalaiseksi. Muista vielä hyvin omat ensimmäiset maastossa juoksemiset. Se taitaa olla ikävä insinöörijäynä, että uusia höykytetään. Minä taisin oksentaa ensimmäisellä metsäret-

kelläni. Luulin, että pitää ajaa itsensä piippuun. Ei tarvitse. Kyllä sinä opit.

Riinalle tuli vähän parempi mieli. Ei paljon, mutta vähän.

– Kiitos. Toivottavasti ensi kerralla pärjään jo paremmin.

He pysähtyivät syömään huoltoasemalle. Mihinkään muuhun ravintolaan Riina ei olisi näin räjähtäneen näköisenä päässyt edes sisään. Hän siistiytyi vessassa. Vaaleat hiukset tosiaan sojottivat sinne tänne. Hän huuhtaisi kasvoilta multatahrat ja sitoi hiukset ponihännälle.

Niklas odotti jo pöydässä. Hän nyökkäsi hyväksyvästi ja hymyili.

– Tänä iltana tulee uni helposti, sitä en epäile.
– Sinulla oli vielä illalla jokin meno, Riina uskaltautui sanomaan. – Minä en jaksaisi liikahtaa enää mihinkään. En ole varma, pääsenkö aamulla edes sängystä ylös.

Niklas näytti aprikoivan, kannattaisiko työtoverille paljastaa liikaa yksityiselämästään, varsinkin, kun heillä oli jonkinlainen yhteinen "historia". Ei kummoinen historia, mutta kuitenkin.

– Vien vaimon syömään. Meillä on tänään hääpäivä.

Eli Niklas oli saanut sovittua vaimonsa kanssa. Riina oli siitä vilpittömän iloinen. Kaikesta huokui, että Niklas oli muuttunut mies.

– Onnea ja hauskaa iltaa. Onko takataskussa mitään yllätyksiä? Lahjoja, tarkoitan, Riina lisäsi nopeasti,

ettei mies vain luullut hänen vinoilevan.
– Kenties, kenties... myhäili Niklas arvoituksellisesti. – Eikö sitä niin sanota, että timantit ovat tyttöjen parhaita ystäviä...?
Ehkä niin, mietti Riina itsekseen. Niklaksen tuntien timantteja olisi varmasti sen verran, että vaimo vakuuttuisi miehensä ikuisesta rakkaudesta.

Syötyään he jatkoivat matkaa. Riinaa alkoi väsyttää, ja pian hän olikin sikiunessa.
Riina havahtui, kun Niklas töni häntä hereille. He olivat saapumassa kaupunkiin.
– Minne haluat, että vien sinut?
Riinaa nolotti. Olikohan hän kuorsannut?
– Ohhoh, menipä matka nopeasti, Riina sanoi muina miehinä. – Jätä minut yliopistolle, kävelen siitä kotiin.
– Voin minä viedä sinut kotiovellekim, ei siitä ole vaivaa.
– No jos sitten... Riina ei tiennyt, miksi hän epäröi. Kenties hän luuli, että Niklas työntisi hänen luokseen iltakahville tai jotain. Mistään sellaisesta ei ollut mitään merkkejä. – Asun tuossa, jätä tähän kadun viereen. Otan vielä saappaat mukaan. Kiitos ja anteeksi kun nukahdin.
– Ei se mitään. Näytit oikein söpöltä siinä kuorsatessasi.
– Kuorsasinko minä? Riina oli kauhuissaan.
– No et sinä kuorsannut, kunhan kiusasin.
Riina ei ollut varma, puhuiko mies totta. Jos hän oli

oikein väsynyt, hän saattoi vaikka kuorsatakin.
– Hauskaa iltaa. Huomiseen, toivotti Riina lähtiessään.

Riina oli nukahtanut vaatteet päällä sohvalle, kun puhelin soi.
– Vili, hei, Riina haukotteli.
– No hei, olenko noin pitkästyttävä? Vili sanoi muka loukkaantuneena.
Riina ei ollut jaksanut mennä edes suihkuun. Hyvä, että Vili herätti, hän olisi voinut nukkua aamuun asti.
– Olin nukahtanut olohuoneeseen. Minulla oli tänään ensimmäinen metsäpäivä, ja olen aivan poikki.
Vili nauroi ja pyysi kertomaan lisää. – Keräsitkö mustikoita?
– No ainakin istuin niiden päälle, nauroi Riina. – Se oli paljon rankempaa kuin luulin. Onneksi keikkoja tulee harvoin, muutaman kerran yhden projektin aikana.
– Onneksi et eksynyt sinne metsään.
– Niklas kyllä tiesi, missä mennään, oikeastaan vain juoksin hänen perässään koko päivän.
Toisessa päässä tuli hiljaista. Saman tien Riinakin tajusi, miltä kommentti kuulosti.
– Ai olit Niklaksen kanssa koko päivän? Vili kuulosti hämmentyneeltä. – Siis sen saman Niklaksen, joka pilkkasi meitä silloin baarissa? Ja yritti lähennellä sinua?
Keskustelu alkoi mennä aivan väärille urille, Riinal-

le tuli epämukava olo.
– Kyllä, sama Niklas, mutta ei hän enää ole sellainen.
– No millainen hän sitten on?
Vilin ääni oli kireä. Ei kai mies ollut mustasukkainen?
– Tavallinen. Niklas on rauhoittunut ja saanut asiansa kuntoon. Itse asiassa Niklas oli menossa illalla vaimonsa kanssa hääpäiväilliselle.
Mahtoiko Riina sanoa sen hiukan liian innokkaasti? Eihän hänellä ollut mitään salattavaa. Miksi hän tässä koetti puolustella itseään, vaikka Vili itse pyöri maailmalla kaunottarien kanssa ja teki ties vaikka mitä? Eihän hänkään udellut, miten Vili hoiti "suhteitaan" musiikkibisneksessä.
– Niklas on nykyään työkaverini, sille en voi mitään, minun on tultava toimeen hänen kanssaan.
Vili kuulosti hiljaiselta. Riina sanoi, että hänen on nyt mentävä suihkuun ja sitten nukkumaan.

Suihkun jälkeen Riinalla oli surkea olo. Puhelu loppui niin äkkiä. Vilille tuntui jäävän epäselväksi, miksi Riina vietti päivän entisen piinaajansa kanssa. "Etäsuhteet eivät toimi", sanottiin. Kenties tämä oli nyt rehellisesti todettava. Jos Vili ei tulisi takaisin Suomeen, heidän suhteellaan ei olisi tulevaisuutta. Niin se vain oli.
Kaikesta surkeudesta huolimatta uni tuli heti.

Aamulla Riina pääsi kuin pääsikin ylös sängystä.

Kehossa tuntui eilinen rääkki, mutta muuten olo oli mainio. Eilinen puhelu Vilin kanssa varjosti päivää. Ehkä hän tänään saisi tilaisuuden selittää.

Niklas oli jo toimistolla hänen tullessaan. Kahvikuppi kädessä hän nojaili hymyillen oveen.
– Mikä olo? Ei tunnu missään?
– En voi sanoa ihan niinkään. Pääsin kuitenkin liikkeelle, se on jo jotain.
Heidän yhteinen retkensä oli puhdistanut ilmaa. Niklas todennäköisesti luotti siihen, ettei Riina muistuttelisi hänen vanhoista töppäilyistään. Ja Niklas yritti kovasti olla töpeksimättä enää uudelleen.
Miehen hilpeästä tuulesta Riina päätteli, että hääpäivä oli ollut onnistunut. Timantit olivat siis tehneet tehtävänsä.

Illalla Riinaa jännitti, soittaisiko Vili. Jos tämä olikin suuttunut hänelle, kun hän vietti aikaa Niklaksen kanssa? Olkoonkin, että se oli Riinan työ.
Kun puhelin ei sitten soinutkaan, Riina ei tiennyt mitä ajatella. Tietenkin hän voisi soittaa itse. Entä jos Vili ei vastaa? Riina murtuisi täysin.
Epätietoisena Riina meni nukkumaan. Jos Vili tosiaan suuttui siitä, että Riina teki työt, ammatissa, josta hän on haaveillut koko ikänsä, ehkä Vili ei ollut mies, jonka hän halusi.
Surullisena Riina ummisti silmänsä. Monikan häihin oli enää viikko. Jos hän ei menisi sinne Vilin kanssa,

hän ei menisi sinne ollenkaan. Monika varmasti
ymmärtäisi.

Kului toinen ja kolmaskin päivä, eikä Vilistä kuulunut mitään. Riina kävi ystävänsä kanssa ostoksilla, hänellä oli upea mekko hääjuhliin. Se sopi kuin nakutettu hänen safiiririipuksensa väreihin. Kampaajallekin oli varattu aika lauantaiaamuksi.
Olisiko kaikki tämä turhaa? Riina oli jo monesti ottanut puhelimen käteensä, mutta ei saanut soitettua Vilille. Jospa mies olikin päättänyt jatkaa elämäänsä ilman häntä? Se olisi tuskallista kuulla.

10

Juhlat vai ei?

Huomenna olisivat Monikan häät. Riinan ajatus harhaili, eikä hän saanut työpaikalla aikaan juuri mitään. Onneksi Rauno tuli ilmoittamaan kaikille puolen päivän jälkeen, että tänään lähdettäisiin aikaisin kotiin.
– Viikonloppuja, Riina toivotteli, vaikka mielessä myllersi.
Kauan odotettu juhlaviikonloppu uhkasi typistyä surulliseksi yksinäisyyden alhoksi. Vasta kuukausi sitten hän oli ollut valmis juoksemaan itse avioliiton satamaan rakastamansa miehen kanssa. Nyt hänet oli hylätty kuin vanha rukkanen.
Riina laahusti kotiin. Kampaajalle hän menisi, kävi

miten kävi. Mekkoa voisi käyttää sitten kavereiden häissä. Kai sellaisia tilaisuuksia vielä joskus tulisi.
Riinalla oli levoton olo. Mitähän sitä tekisi, kun päiväkin on vasta puolessa? Ehkä pieni hemmottelu olisi paikallaan. Hän kaivoi kaapista vanhan kasvonaamiopurkin. Oho, päiväys oli mennyt umpeen jo viime vuonna. Tuskin se mitään haittaisi.
Riina siveli vihreää mönjää naamaansa.
Peilistä näkyi Hulk, yhtä vihreä ja kammottava. Riinaa alkoi naurattaa. Jotain hyötyä tästäkin, tulen ainakin hyvälle tuulelle, ehti Riina ajatella, kun ovikello soi.
Sekunnin Riina mietti, ehtisikö pestä kasvoistaan naamion pois. Ovikello soi toistamiseen. Jos siellä oli postiljooni? Raukka pelästyisi, jos Riina ilmestyisi ovelle naama vihreänä.
Yhtä kaikki, Riina marssi ovelle ja päätti ensi tilassa hommata ovisilmän. Se oli ollut to-do-listalla jo kauan, mutta aina se oli jäänyt.
Oven takana seisoi Vili. Riinan leuka loksahti auki. Niin loksahti Vilinkin.
– Tuota hei... muistin sinut erinäköisenä, mutta onhan tuo vihreäkin naama ihan kiva.
Riina ei saanut sanaa suustaan. Tuossa Vili nyt seisoi, ilmielävänä.
Pian Riina huomasi jotain muutakin. Vilillä oli kainalosauvat. Ja jalka paketissa.
– Mitä ihmettä? Oletko loukkaantunut? huudahti Riina kauhuissaan.

– Voisiko vihreä neiti olla niin ystävällinen ja päästäisi minut sisään? Alkaa jalka väsyä.
Riina auttoi Vilin sisään. Hän istutti miehen mukavasti sohvalle ja meni pesemään naamansa.
– Vai pidätkö enemmän vihreistä naisista? huuteli Riina kylpyhuoneesta.
Puhdistaessaan kasvojaan Riinalla oli hetki aikaa miettiä, mitä oikein tapahtui. Miksi Vili oli hänen ovellaan? Oli kuitenkin ihana nähdä, ja mieluiten hän olisi vain halannut ja suudellut Viliä.
– Nyt näyttää tutummalta, tule tänne, Vili sanoi, ja Riinan polvet löivät loukkua.
Miten kauhea ikävä hänellä olikaan ollut.
Päästessään Vilin viereen Riina purskahti itkuun.
– No, älähän nyt, mikäs nyt...Vili koitti rauhoitella tyrskivää Riinaa.
– Miksi sinusta ei ole kuulunut mitään? Riina sai sanottua itkuisesti. – Luulin, että olet jättänyt minut. Kenties löytänyt Amerikasta jonkun hemaisevan ruskettuneen mallin.
– Pidän enemmän vihreistä kuin ruskeista tytöistä, Vili sanoi.
– Mitä sinulle oikein on tapahtunut? Riina kysyi ja katsoi paketissa olevaa jalkaa.
– Pieni onnettomuus, ei mitään vakavaa. Jalka on paketissa pari viikkoa ja on pian taas kuin uusi.
– Jahtasit tietenkin rullaluistimilla jotain daamia, Riina jatkoi, mutta ei enää kovin tosissaan.
– Melkein oikein. Pelasin koripalloa, mutta en hemaisevan daamin kanssa vaan karvaisen karjun. Ikä-

vä kyllä, karju jyräsi minut totaalisesti. Onneksi ei käynyt pahemmin. Vei hiukan aikaa järjestellä kotimatkaa. Keppien kanssa se ei ole ihan yksinkertaista. Tässä sitä nyt kuitenkin ollaan!
Riina ei muuta halunnut kuullakaan. Hän peitti Vilin suudelmiin.
He lepäilivät sylikkäin hiljaa.
– Minä luulin, että suutuit, kun olin Niklaksen kanssa metsässä, Riina sanoi.
– Kyllähän se olikin hyvin epäilyttävää, Vili tokaisi.
– Eihän se jäänyt epäselväksi, miten himokkaasti se mies sinua katseli.
– Niklas on tainnut lopettaa juomisen kokonaan. Olen tullut hänen kanssaan toistaiseksi toimeen ihan hyvin. Lisäksi firmassa on nollatoleranssi kaikenlaiseen häirintään. En usko, että ongelmia tulee.
– Se on mukava kuulla, Vili sanoi ja antoi suukon. – Käyn vessassa. Eikö olekin onni, etten telonut käsiäni vaan jalan? Muuten saisit tulla auttamaan minua vessahommissa...
– Lopeta, Riina puuskahti. – Joudun minä silti varmaan pesemään sinut sienellä, on ne häätkin huomenna.
Molempia nauratti.
– Miten muuten aiot pukeutua huomenna? Saatko housut jalkaan?
Vilillä oli sortsit jalassa, kipsi oli vain nilkassa, mutta se oli aika paksu. Menisikö kipsi puvun housujen lahkeesta? Siinäpä tuumattavaa.
– Monikan pitäisi tuoda pukuni tänne illalla. Täytyy

sovitella. Leikkaan lahkeen auki. Tai tulen verkkareissa tai sortseissa. Tai alushousuissa... hekotteli Vili. – Tai ilman housuja...
– Höpsis, Riina nauroi. – Eiköhän siihen keino keksitä. Onneksi vihkiminen on vasta neljältä. Meillä on koko päivä aikaa painiskella housujen kanssa.
– Tai vain painiskella... Vili sanoi ja tavoitteli Riinaa, mutta Riina juoksi hihittäen karkuun.

Illalla Monika poikkesi tuomaan Vilin vaatteet. Morsian näytti rauhalliselta, vaikka sanoi jännittävänsä huomista. Itse vihkiäisiin tulisivat vain lähimmät ystävät. Muuten juhlat olivatkin sitten hulppeat. Tilaisuus pidettiin ylellisellä jahdilla, epäilemättä Pekan omistamalla. Juhlien jälkeen pariskunnan on tarkoitus lähteä merimatkalle.
– Onpa harmi, kun satutit jalkasi. Kuka minua nyt tanssittaa? Monika harmitteli.
– Eiköhän sulhasesi pidä siitä huolen, Vili sanoi.
– Mutta kuka tanssittaa Riinaa? En anna tyttöäni kenen tahansa käsiin, Vili uhosi.
– Jos säästetään tanssimiset siihen asti, että saat jalan kuntoon, Riina nauroi.
– Nähdään huomenna kirkossa. Kai te nyt saatte housut tuolle yhdelle hunsvotille jalkaan? Monika huikkasi lähtiessään.
– Jos ei, tulen ilman housuja. Siitä voit olla varma, Vili yritti saada viimeisen sanan.
Riinaa huvitti sisarusten sanailu.

Aamulla Riinan piti kiirehtiä kampaajalle. Sitä ennen he kävivät suihkussa.

– Voisin tottua tähän, Vili virnuili, kun Riina pussitti jalan kipsin ja vaahdotti hiuksiin sampoota.

– Kyllä, kyllä, jos jäät luokseni, suihkutan sinut joka päivä, aamuin illoin, Riinalta lipsahti.

He eivät olleet puhuneet vielä Vilin paluusta. Ehkä Vili on lähdössä takaisin Amerikkaan heti häiden jälkeen. Ajatus heitti varjon juhlapäivään.

Kampaajalla istuessa Riinalla oli levoton olo. Samalla aikaa riemukas ja epätoivoinen. Hän oli kuitenkin päättänyt nauttia juhlapäivästä, kävi miten kävi. Jos kaikki loppuisi tähän hänellä olisi ainakin yksi ihana muisto loppuelämää varten.

Kampaaja sai meikin ja hiukset valmiiksi. Riina ei ollut tuntea itseään. Hänhän näytti upealta! Tosin näin näyttävään tulokseen oli nähty paljon vaivaa – ja rahaa, Riina hymähteli mielessään. Näin vahvasti tällättynä vedän vertoja Hollywoodin tytöille.

Riinan tullessa kotiin Vilin ilme oli näkemisen arvoinen.

– Kuka te olette, kaunis lady? Vili kysyi ja suuteli Riinaa arvokkaasti kädelle.

– Olen prinsessa von Kurtsenhof ja omistan puoli valtakuntaa, Riina vastasi yhtä arvokkaasti.

– Sepä sattui. Minä nimittäin olen prinssi von Hoffenstof ja omistan toisen puolen valtakuntaa.

Molemmat nauroivat.

Ilokseen Riina totesi Vilin saaneen housut jalkaansa.
Myös paita ja rusetti olivat moitteettomat.
Puku tekee miehen, mietti Riina, mutta ei tohtinut
sanoa sitä ääneen. Vili oli komea puvussa tai ilman,
mutta koskaan hän ei ollut näyttänyt näin hurmaavalta kuin tänään.
Riina pukeutui omaan juhlamekkoonsa, joka oli yksinkertainen mutta laadukas ja tyylikäs. Hän ei tinkinyt periaatteistaan missään tilanteessa. Asulla piti
olla käyttöä myös juhlien jälkeen.
Timanttiriipus kruunaisi kaiken. Se sopi täydellisesti
leningin siniseen sävyyn ja Riinan taivaansinisiin
silmiin.
– Olet kaunis. Vili oli tullut Riinan taakse ja katsoi
tätä peilistä.
Hän kietoi kätensä Riinan ympärille. He olivat hiljaa, nauttien tästä onnen hetkestä. Kumpikaan ei
olisi halunnut rikkoa täydellistä tuokiota, mutta kello
oli jo paljon. Kirkosta ei saanut myöhästyä.

Vili tilasi taksin.
– Pitäisikö ottaa invataksi? Vili hekotteli. – Voisin
matkustaa peräkontissa keppieni kanssa...
– Ehdottomasti, Riina lähti mukaan leikkiin. – Vai
kannattaisiko tilata ihan ambulanssi ja tehdä näyttävä sisääntulo pillit huutaen?
He kuitenkin pääsivät matkaan ihan tavallisella autolla ja saapuivat kirkkoon hyvissä ajoin. Paikalla oli
jo suurin osa kutsutuista. Kauhukseen Riina näki
myös Jasminen olevan vieraiden joukossa.

Vili huomasi Riinan rypistävän otsaansa.
– Hei, lopeta, Jasmine laulaa kirkossa ja juhlissa. Pyysin häntä tulemaan.
Riina rauhoittui vähän, mutta ei kokonaan. Jasmine oli näyttävän näköinen nainen arkenakin, mutta juhlissa hän erottui todellakin muusta juhlaväestä.
– Tule, mennään tapaamaan heitä, Jasminen mieskin on päässyt Suomeen.
Äkkiä Riinaa alkoi ujostuttaa. Ei hän, tavallinen insinööri ollut tottunut kansainvälisiin tähtiin.
– Mene sinä vain, Riina yritti tyrkkiä Viliä eteenpäin.
– En varmasti mene! Haluan esitellä kaikille ihanan, kauniin, tyylikkään ja seksikkään seuralaiseni. Vili tarttui Riinaa käsipuolesta, ja he marssivat kohti Jasminea. Riina ei voinut muuta kuin totella.
Osoittautui, että Jasminen mies, niin rajulta perusrokkarilta kuin ulkoinen habitus näyttikin, oli mitä sydämellisin ja lämpimin henkilö. Riina ei voinut myöskään olla huomaamatta, miten rakastunut pari oli. Riina sai kutsun Los Angelesiin "barbecuepartyihin". Se oli kovin mukavaa, mutta samalla muistutti Riinaa ikävästi Vilin lähdöstä takaisin Amerikkaan.

Kirkon penkissä Riinaa alkoi itkettää. Urut ja tunnelma tekivät sen aina, vaikka tilaisuus oli iloinen. Hän nieleskeli ja koetti ajatella jotain yhdentekevää, mutta kun morsiuspari asteli käytävää pitkin alttarille, kyyneliä ei voinut enää estää tulvimasta silmiin.

Riina kosketti vaistomaisesti koruaan. Se sai mielen tyyntymään. Vili pani kätensä hänen hartioidensa ympäri ja hymyili rauhoittavasti.

– Tahdon, sanoivat morsian ja sulhanen.
He olivat kaunis pari. Komea mies, kaunis morsian. Aikuinen pariskunta näytti seesteiseltä ja hyvin onnelliselta. Riina ei voinut olla ajattelematta, mahtaisiko hän itse olla joskus tuossa tilanteessa. Hän oli löytänyt elämänsä rakkauden, mutta matkassa oli mutkia. Kuten tuhansien kilometrien välimatka...
Juhlat jatkuivat jahdilla. Riina ei ollut koskaan nähnyt niin upeaa risteilyalusta. Eipä hän tosin ollut juuri muualla seilannutkaan kuin Ruotsin laivoilla. Isän soutupaattia ei laskettu purjehtimiseksi.
Tunnelma oli katossa. Jasmine esitti muutaman kappaleen miehensä säestyksellä. Esitys oli kiellättämättä aivan upea. Mikä ääni tuolla naisella olikaan!
Tanssiminen oli jätettävä väliin Vilin nilkan takia. Muuten kepit ja kipsi eivät juhlimista juuri estäneet. Riina tutustui uusiin ihmisiin, erilaisiin, mutta hienoihin persooniin. Hän tunsi olonsa kotoisaksi.

Pian tuli aika nostaa ankkuri. Pariskunta seilaisi merelle. ja juhlaväki jäisi rannalle vilkuttamaan.
Monika tuli heidän luokseen. – Mitenkäs täällä sujuu? Onko pikkuveli osannut käyttäytyä...?
Monika pörrötti hellästi Vilin päätä kuin tämä olisi pikkupoika.
Vili ei tästä pahastunut vaan nauroi. – Kuule, koeta

sinä itse käyttäytyä, ettei uunituore aviomiehesi jätä
sinua seuraavalle autiolle saarelle.

Vaikka herjaa heitettiin, kaikesta huokui suuri rakkaus sisarusten välillä.

Riina halasi Monikaa ja toivotti hauskaa matkaa. Se olisi varmasti ikimuistoinen.

– Näemme sitten kun palaamme, Monika huikkasi vielä kun Vili ja Riina seisoivat jo laiturilla.

Niinhän sitä luulisi, Riina ajatteli apeana. Vili olisi kuitenkin silloin jo parantunut ja matkalla kohti Amerikan kultamaata, lentäisi unelmiensa perässä maailman ääriin. Ja se oli tietenkin aivan oikein.

He istuivat vaitonaisina penkille odottamaan taksia. Päivä oli ollut ihana, mutta kaikki hyvä loppui aikanaan. Riina mietti miten paljon oli ehtinyt tapahtua vuoden aikana, opiskelu, valmistuminen, työpaikka, isän sairastuminen, Karrin vauva – ja Vili, ihana rakas Vili.

– Viikon päästä saat kipsin pois ja olet taas vapaa lähtemään, Riina sanoi hiljaa.

Hän nojasi Vilin olkapäähän ja nautti joka sekunnista, minkä sai viettää miehen seurassa.

– Vapaa lähtemään? Onko sinulla kiire päästä eroon minusta? Vili tokaisi muka harmissaan.

– Älä pelleile, tiedät mitä tarkoitan. Amerikka kutsuu...

Vili oli niin hiljaa, että Riinaa pelotti. Mies ei raaski kertoa, että aikoo karistaa Suomen tomut jaloistaan lopullisesti, niinkö se oli? Entä jos mies pyytäisi Riinaa mukaansa? Olisiko hän itse valmis jättämään

Suomen ja aloittamaan alusta vieraassa maassa? Olisiko hänen koulutuksellaan mitään virkaa Kaliforniassa? Varmaan, Riina mietti, mutta ei silti pystynyt ajattelemaan, että jättäisi kaiken taakseen, niin ihana kuin mies tässä hänen vieressään olikin.
Ennen kuin Vili ehti sanoa mitään, taksi ajoi paikalle. Riina auttoi Vilin pystyyn, ja he lähtivät kotiin.

Aamulla olo oli kuin pahassa krapulassa, vaikka he olivat juoneet tuskin mitään. Vili ei juonut lääkkeiden takia, ja Riina nyt ei juonut juuri koskaan muutenkaan. Herätessään he tuijottelivat hiljaisina kattoon kuunnellen sateen ropinaa ikkunaan.
– Onneksi eilen ei satanut, Riina rikkoi hiljaisuuden.
– Onneksi tänään sataa, Vili kuiskasi ja kääntyi Riinaan päin. – Voidaan viettää koko päivä peiton alla, ja peiton päällä.
Mies virnisteli ilkikurisesti. – Tilataan ruoka ovelle, vaikka pizzaa. Pääasia ettei poistuta makuuhuoneesta.
Riina nousi ja meni kylpyhuoneeseen. Peilistä ei katsonut enää prinsessa von Kurtsenhof vaan tavallinen tyttö, jonka kampaus oli sekaisin. Rinnalla kiilteli tuttu koru, Riina ei ollut halunnut ottaa sitä pois juhlien jälkeen. Hän kosketti sitä ja päätti jättää sen vielä hetkeksi kaulaansa. Vatsassa tuntui möykky, joka ei ottanut lähteäkseen. Valtava ikävä kalvoi Riinan sisintä, vaikka hänen rakkaansa oli vielä vierellä.

Kasvot pestyään Riina meni keittiöön ja kuuli Vilin puhuvat puhelimessa. Kuka mahtoi soittaa näin aikaisin aamulla? Ehkä showbisnes ei nuku koskaan... Varmasti Viliä kaivattiin jo rapakon takana, mietti Riina entistä apeampana. Kahvin tuoksu sai kuitenkin mielen paremmaksi. Hän kaatoi kahvit kuppeihin ja palasi makuuhuoneeseen.

– Oi, kahvi vuoteeseen, huudahti Vili. – Erinomaista! Tähän voisi tottua.

Riina ojensi kupin ja istui Vilin viereen. Hänen teki mieli kysyä, kuka oli soittanut, mutta hän ajatteli sen kuulostavan pikkumaiselta ja uteliaalta. Hän toivoi, että Vili puhuisi itse.

Pitkän hiljaisuuden jälkeen Vili sanoi:

– Sain äsken kaukopuhelun.

"Kaukopuhelun?" ajatteli Riina. Kuka enää nykyään sanoo että kaukopuhelu? Ei kai puheluja enää välitetä keskusneidin kautta, hän mietti ärtyneenä mutta halusi kuulla lisää. Oli silti pelottavaa kuulla, mitä Vilillä oli kerrottavana.

Mies hörppi kahviaan muina miehinä. Ilmeestä ei voinut päätellä mitään. Olivatko uutiset hyviä vai huonoja? Huonolla Riina tarkoitti tietenkin huonoja hänen omalta kannaltaan. Kuinka pian Vilin pitäisi lähteä takaisin?

– No? Riina sanoi tiukemmin kuin oli aikonut.

– Mitä no?

Vili hörppi kahvia ja katseli viattoman näköisenä Riinan ärtymyksestä punehtuvia kasvoja.

– No mitä se puhelu tarkoitti? Mitä ne sanoivat?

– Ai ketkä "ne"? Ai niin "ne". Juu, Kaliforniassa
paistaa aurinko, ja ensi viikolle on luvattu hyvää
surffailusäätä, hellelukemia, hellelukemia....
Riinan olisi tehnyt mieli huitaista tyynyllä tuota il-
kamoivaa naamaa.
– Onko sinun tuliterä lainelautasi siis jo nojailemas-
sa bungalowin seinään? Riina sanoi haastavasti.
– Punaisten Speedojen ja aurinkovoiteen vieressä?
– Hmm... Minä taidan kuitenkin sopia paremmin
luudanvarteen kuin surffilaudalle.
Toivotonta. Ellei mies halunnut kertoa, ei Riina voi
siihen pakottaakaan. Nyt on vain tartuttava hetkeen,
carpe diem, kuului klisee. Jos Vili lähtisi viikon ku-
luttua, murehtimisen aika olisi silloin.
– Mutta sanoivat "ne" myös, että minun ei tarvitse
enää mennä Amerikkaan vaan voin jatkaa töitä
omalla studiollani. Itse asiassa saan vielä paremmat
laitteet ja uuden työtilan.
Riinan sisällä alkoi kuplia ilo. Tarkoittiko tuo, että
Vili jää Suomeen, hänen lähelleen, hän luokseen,
pysyvästi?
– Jäät Suomeen?
– Jään, jos minulle tuodaan aamukahvit sänkyyn
joka aamu, Vili sanoi vakavalla naamalla ja tuijotti
tuimana Riinaa silmiin.
– No ei varmasti tuoda! Riina nauroi ja huitaisi tyy-
nyllä noita rakkaaksi tulleita kasvoja.
Vili kaappasi Riinan syliinsä, ja he syleilivät toisiaan
kuin eivät koskaan haluaisi päästää irti toisistaan.

Illalla Riina pani korunsa takaisin lippaaseen. Tänään timantit sädehtivät hänestä aivan erityisen kirkkaina – aivan kuin ne olisivat tehneet tänään kaikkein parhaan ja kauneimman ihmetekonsa. Niin kuin varmaan olivatkin.